KB122041

어딘가에는
아는 사람만 아는
맞춤복 거리가
있다.

어딘가에는 아는 사람만 아는 맞춤복 거리가 있다.

글·이은하

@

이유출판

# 차례

프롤로그 — 13

맞춤복 가게가 모여 있는
거리를 아시나요? — 18

이 안에 옷 만드는 모든 게 다 있어요
샬롬의상실 김옥희 대표 — 28

1981년생이 본 중촌동 맞춤복 거리의 삶
샬롬의상실 김혜진 실장 — 70

맞춤복 거리에서 제2의 삶이 시작됐어요
2022 뉴욕국제디자인 초대전
Best Of Best 상을 수상한 청년 배재영 씨 — 84

맞춤복 거리의 청년 1호

바르지음 김희은 대표 — 108

여기 맞춤복 거리에서 태어난 토박이예요

현대교복 이정수 공동대표 — 120

맞춤복 안에 인생이 담겨 있어요

14년째 중촌동 맞춤복 거리에서
옷을 만들어 입는 이수정 고객 — 136

에필로그

맞춤복 거리, 대전의 소중한 유산이 잘 계승되기를 — 161

# 중촌동 맞춤패션거리

대전선병원

대전출입국외국인사무소

중촌동현대아파트

목중로20번길

동서대로142번길

• 경풍세탁소   샬롬 •

• 양패션   • 패션플랫폼

목중로

민천홍무대의상 •

퀼트빌리지 •   • 명동직물   한일세탁 •   • 현의상실
바르지음 •   • 이음소잉아트
레이디패션 •   • 동아상회   두리패션
채수아 •   • 서울직물   • 코코직물   라라홈   임마누엘의상실

나미옷수선 •   • 미렐패션   • 미드패션   • 다모아
현패션 •   • 성미패션
• 상희패션
• 이지은패션
엘리제 •   • 미파패션
• 한올패션
모아패션 •   • 금성양복점
• 미즈패션
황실패션 •   • 영민패션
영서 •   • 르네셀   다이아나패션 •

김희수패션 —   재희의상실
대현양복점   • 랑한복
방울이네의상실
현대교복 •   정소영의상실

맞춤패션거리조형물

오룡역 ←   목동네거리   동서대로   → 대전IC

↓
대전세무서

N

◉

인터넷 쇼핑몰을 들락거린다. '○○백화점 세일 중' 메시지 알림음이 울릴 때마다 입꼬리가 올라간다. 나의 옷 사랑은 유난하다. 유행이 계속 바뀌며 빠르게 소비되는 탓에 옷을 고쳐 입기보다는 원하는 옷을 새로 사 입는 게 더 편리한 사회. 우리는 패스트 패션 시대에 살고 있다.

구술생애사 작가로 일하면서 60대 이상의 노인들과 이야기 나눌 기회가 많았다. 내가 만난 어르신 중 한 분은 "21살에 공장에서 일했는데, 힘들 때마다 맞춤 양장을 빼입고 고향에 내려가는 모습을 상상했다."라고 말했다. 70세가 훌쩍 넘은 반백 머리 할머니의 눈은 '양장 입은 모습이 성공의 바로미터'라고 말하고 있었다.

맞춤복 거리에 대한 기억을 끄집어낸 건, 대전 '중촌동 맞춤패션거리'에 패션플랫폼을 지어 올린다고 지역 신문들이 앞다퉈 보도했던 기사를 읽은 뒤였다. 예산이 100억이라고

했다. 들어가는 예산이 10억이라도 놀랄 일인데 100억이라니 입이 떡 벌어졌다.

유년 시절부터 청소년 시절까지 중촌동에서 살았다. 내 기억에 중촌동 맞춤복 거리는 허름한 골목이었다. 태어나는 순간부터 기성복을 입고 자란 나에게 그곳은 어딘가 생뚱맞고 촌스럽고, 좀처럼 발길이 향해지지 않는 장소였다.

중촌동 지역은 80년대부터 아파트가 하나둘 들어서면서 변화하기 시작했다. 90년대 이후로는 예전 모습을 찾아보기 힘들 정도가 되었다. 하지만 맞춤복 거리는 30여 년이 지난 지금까지도 그 자리에 그대로 있다. 게다가 대전시에서 100억 원의 돈을 들여 거리를 재정비한다니 그 이유가 궁금해졌다. 여전히 그곳을 지키고 있는 맞춤복 장인들에 대한 호기심이 생겼다.

인터넷 검색을 통해 명인의 솜씨로 일대일 맞춤복 서비스를 제공하는 장인들의 이야기를 접했다. 대전시에서 중촌동 맞춤복 거리를 대전의 문화유산으로 여기고, 2011년에 패션 특화거리로 지정한 사실도 알게 됐다. 중촌동 맞춤복 거리가 전국에서 원스톱 방식으로 맞춤복을 해 입을 수 있는 유일한 곳이란 사실을 알고 나자 한번 가봐야겠단 생각이 들었다.

장인 정신을 지키되 젊은이도 함께 즐길 수 있는 거리를 만들어야 찾는 이가 많아진다. 대전시가 거리를 재정비하고 패션플랫폼을 운영하려는 이유가 청년과 장인들이 협력해 맞춤복 거리를 살릴 방안을 모색하려는 취지라는 걸 이해하게 됐다.

맞춤복 거리를 지키는 장인들은 적게는 30년에서 많게는 50년까지 맞춤복을 지어왔고 대다수가 여성이다. 이들은 가난으로 인해 많이 못 배운 채 일찍 생계 활동에 뛰어들었다. 기술을 가지고 일을 하며 돈을 벌어 결혼하고 자녀를 키웠다. 평생 재봉틀 곁을 떠나지 않고 자신의 일을 사랑했다. 힘든 시기에는 같은 여성 동료 장인들과 서로 버팀돌이 되어주며 이겨냈다. 인생고락을 함께 나눈 사이이기에 서로를 또 다른 가족 같은 공동체로 여기고 살았다.

중촌동 맞춤복 거리를 지탱해주는 또 하나의 기둥은 바로 고객이다. 이곳의 고객들은 특별하다. 10년 이상 옷을 해 입으며 장인들과 친구 혹은 언니 동생 사이로 정을 나누어 오고 있다. 맞춤복 거리의 상인과 고객들은 서로를 공동체의 일원으로 여기며 마음을 주고받는 관계이다. "어떤 디자인을 원하세요?"라는 응대에서 시작된 관계가 어떻게 내밀한 속 이야기까지 나누는 사이로 발전했을까? 사람 냄새 나는 공동체로 50년 이상 존속되고 있는 맞춤복 거리의 이야기가 궁금해졌다. 보물을 캐는 심정으로 중촌동 맞춤복 거리에 쌓인 이야기를 들려줄 여섯 명의 인터뷰이를 찾아 나섰다.

첫 번째 인터뷰이는 샬롬의상실 김옥희 대표다. 김 대표는 중촌동패션상인협의회 회장이다. 동구 대동에서 의상실을 운영하다 1989년 중촌동 맞춤복 거리에 입성했다. 90년대 들어 중국 시장이 개방되고 세계화가 급격하게 일어나면서, 저가의 옷이 대량 생산돼 전 세계적으로 팔려나갔다. 맞춤복 시장은 큰 타격을 받았다. 김 대표는 중촌동패션상인협의회 회장을 맡아, 맞춤복 거리가 활성화되도록 혼신의 힘을 기울였다. 김 대표야말로 50년간 맞춤복 거리에 쌓인 이야기를 잘 들려줄 수 있는 인물이라고 생각했다.

두 번째 인터뷰이는 어머니의 뒤를 이어 맞춤복 거리에서 디자이너로 일하기 시작한 김혜진 씨, 세 번째 인터뷰이는 대학 3년을 장인들과 함께 보내며 맞춤복 거리가 제2의 집이 되었다는 20대 청년 배재영 씨다. 네 번째 인터뷰이는 중촌동 맞춤복 거리의 문화적 가치를 알아보고 그 명맥을 잇기 위해 이곳에 둥지를 튼 청년 사업가 김희은 씨다. 이 세 명은 모두 청년층이다. 장인들 대부분이 고령인 중촌동 맞춤복 거리의 운명은 이러한 청년들의 손에 달려있다.

맞춤복 거리 장인들 인터뷰를 마무리할 무렵에는 이 동네에서 나고 자란 이정수 씨를 만났다. 지금은 구의원으로 동네 일을 더 체계적이고 넓게 챙기는 분이다.

마지막 인터뷰이는 고객 이수정 씨다. 한 문화 교육 프로그램에서 만난 전직 고위공무원에게서 예전 동료 직원이었다는 그를 소개받았다. 전직 공무원 분은 중촌동 맞춤복 거리에 관한 책을 쓴다는 나의 이야기를 듣고 "전에 같이 일했던 직원이 거기서 옷을 맞춰 입었어요. 그 덕에 우리 집사람도 같이 가서 옷을 맞춰 입었지요."라며 수정 씨를 소개해 주었다. 수정 씨와의 만남은 이 책을 쓰는 데 터닝 포인트가 되었다. 그는 맞춤복 거리를 지키는 장인들의 기술과 정신을 문화유산이라고 여겨 매번 이곳에서 옷을 맞춰 입는 고객이다. 기성복의 편리함을 마다하는 그에게서 소중한 것의 가치를 알고 지키려는 마음이 무엇인지 배웠다.

최첨단 시대에 여전히 손으로 직접 옷을 만드는 사람들. 열악한 환경 속에서도 꿋꿋하게 삶을 일구고 어려움을 불행으로 만들지 않으려고 자신만의 길을 개척한 이들. 오랜 세월 동안 그들은 묵묵히 자신들의 가치를 지켜왔다. 이제 그들의 삶 한 부분을 들어보려 한다. 그들의 흔적을 보다 객관적으로 조명하기 위해 다양한 관련 통계 자료를 함께 담았다.

지금부터 맞춤복 거리의 삶을 자신의 언어로 들려주는 여섯 명 주인공들의 목소리에 귀를 기울여 보자.

# 맞춤복 가게가
# 모여 있는 거리를 아시나요?

대전광역시 중구 동서대로 1421번길 골목에는 중촌동 맞춤복 거리가 있다. 그곳에는 맞춤복을 전문으로 하는 양장점과 직물, 의상 부자재 가게 40여 개가 밀집해 있다. 중촌동 맞춤복 거리는 1970년대에 한 할머니가 조각난 원단 자투리를 보따리 장사처럼 머리에 이고 판매하러 다니면서 만들어졌다. 몸이 안 좋거나 비가 오는 날에도 할머니는 일을 쉬지 않고 집 툇마루에 자투리를 펼쳐놓고 팔았다. 원단이 귀하던 시절, 공장에서 공식적으로 유통되는 한 필보단 적지만, 맞춤복 한 벌을 만들 수 있는 양의 원단을 싸게 공급한 덕분에 장사가 잘됐다. 얼마 안 돼 가게를 얻고 '서울직물'이라 쓰인 간판을 달았다. 바늘 가는 데 실 가듯 원단 가게 옆에 옷 지어주는 사람들이 따라붙었다. 그런 가게가 열 집, 스무 집, 서른 집, 쉰 집 늘어나더니 골목에 어느새 100여 개의 맞춤 양장점이 즐비해졌다. 제대로 된 기성복이 없던 시절, 원단을 직접 골라 곧바로 옷을 만들 수 있는 중촌동 맞춤복 거리의 탄생이었다. 양장점이 몰려 있는 이곳은 다양한 선택지와 저렴한 가격을 무기로 내세워 전국적인 명성을 얻었다.

상인들은 단독주택 방을 하나 빌려 재봉틀을 가져다 놓고 밤새 옷을 재단하고 재봉했다. 일거리가 담긴 보따리가 재봉틀 앞에 길게 줄을 섰다. 양장점 앞은 순서를 기다리는 손님들로 북적댔다. 1980년대에 전국의 양장 기술자들이 중촌동 일대로 몰려들었다.

그러나 1990년대가 되자 중국 시장이 개방되면서 대량 생산된 기성복이 넘쳐나기 시작했다. 사람들이 싸고 쉽게 구할 수 있는 기성복을 택하게 되면서 맞춤복 가게들은 동네에서 점점 자취를 감추기 시작했다. 이러한 변화와 위기 속에서도 중촌동 맞춤복 거리의 장인들은 오랜 세월 꿋꿋이 고객의 개성을 살린 맞춤복을 만들어왔다.

중촌동 맞춤복 거리를 걷다 보면 쇼윈도에서 음악회에서나 볼 수 있는 드레스나 합창복을 심심치 않게 볼 수 있다. 고령화 시대가 되면서 노년에 실버 합창단 같은 취미를 즐기는 사람이 많아졌는데, 이들에게 필요한 무대의상에 대한 수요가 높아진 것이다. 중촌동 상인들은 이러한 흐름을 놓치지 않으며 맞춤복의 명맥을 이어가고 있다.

하지만 이러한 노력에도 활성화는 어렵다. 맞춤패션거리라고도 불리는 맞춤복 거리는 우뚝 서 있는 조형물이 무색할 정도로 한산했다. 주차할 곳이 부족해 의상실 앞에 임시로 주정차하는 차들도 많았다. 한때는 100여 곳이 넘는 수제 양장점과 직물점, 의상 부자재 가게 등이 밀집해 있었지만, 하나둘 떠나고 지금은 40여 곳만 남았다. 기성복이 시장을 점령하면서 맞춤복 인기가 시들해지던 차에 코로나19가 터지며 무대의상을 대량으로 만들어오던 맞춤복 가게들은 팬데믹의 직격탄을 맞았다.

대전 중구청은 지난 2021년, 침체된 거리를 활성화하기 위해 예산 100억 원을 들여 중촌동 도시재생뉴딜사업을 시작했다. 그 일환으로 2023년 2월, 맞춤복 거리에 맞춤패션 플랫폼이 설립되었다. 하지만 예전의 영화를 되찾기에는 부족했다. 2023년 9월 맞춤복 거리를 다시 찾았을 때 맞춤패션 플랫폼은 운영비 부족으로 굳게 닫혀 있었다.

녹록지 않은 현실 속에서도 맞춤복 거리를 살리기 위한 상인들의 노력은 계속되고 있다. 지나가다 단추가 떨어졌을 때 거리낌 없이 들어와 달아 달라고 할 수 있는 편안한 공간으로 이 거리가 기억되길 바란다. 현재 이들은 출입국관리소 인근에 거주하는 다문화가정을 대상으로 아카데미를 열 계획을 구상 중이기도 하다. 젊은 디자이너들에게는 창업의 기회를, 장인들에게는 후계자 양성의 기회를 제공하는 명소로 맞춤복 거리가 계속 진화하길 바란다.

# 이 안에 옷 만드는
# 모든 게 다 있어요

## 샬롬의상실 김옥희 대표

⊙

차분했다. 똑 부러지기도 했다. 사람들은 그를 부드러우나 인내심이 강하다고 말했다. 때로는 다정다감하게, 때로는 강단 있게 사람의 마음을 파고드는 능력이 뛰어난 사람이었다.

김옥희 씨(66세)는 처음 이곳에 정착해 월세 8만 원짜리 지하 공간에서 의상실을 시작했다. 오랜 기간 열심히 일한 덕분에 맞춤복 거리의 랜드마크인 지금의 4층 건물을 지어 올렸다. 드레스 전문샵으로 알려진 샬롬의상실은 국내뿐 아니라 해외 예술인들에게도 친숙하다. 미국, 러시아, 일본, 유럽과 동남아 등 다양한 국가에서 활동하는 예술인들이 그가 만든 의상을 입고 무대 위에서 자신의 역량을 유감없이 발휘하고 있다.

2023년 2월, 중구 중촌동 맞춤복 거리 한가운데 위치한 샬롬의상실에서 옥희 씨를 만났다. 그에게 인사를 건네는데 갑자기 목소리가 갈라지며 닭 잡는 듯한 쉰 소리가 터져 나왔다. 내가 얼굴을 붉히며 서 있자 옥희 씨는 물을 따라주며 마시라고 손짓했다. 그 모습에 마을 관계자의 말이 떠올랐다. 장인들이 중촌동 맞춤복 거리를 살리겠다고 다 같이 손을 걸어붙인 데에는, 정감 많은 옥희 씨가 어머니의 리더십으로 사람들을 품었기 때문이라는 이야기였다.

## 58년생 옥희 씨의 삶

옥희 씨와 세 차례에 거쳐 그가 일하는 현장을 함께 했다. 현재까지 맞춤복 디자이너로 일하며 30년째 중촌동을 지키고 있는 그의 이야기를 들었다.

옥희 씨는 "앞으론 여자들도 일을 하는 시대가 올 것이며, 누구라도 다 할 수 있는 일 말고 너 아니면 안 되는 일을 하라"고 권한 어머니 덕분에 의상디자이너의 길을 걷게 됐다.

"어머니가 유복하게 자라셨어요. 일본에서 유년기를 보내셨는데, 해방되고 나서야 한국으로 돌아오셨어요. 돈다발 수백 개를 가방에 넣고 몸 여기저기에도 쑤셔 넣어 가지고 들어오셨대요. 시간이 한참 지난 다음 환전을 하려고 보니까 화폐개혁을 해서 갖고 있던 돈이 휴지조각이 돼버린 거예요. 외가 분들이 사회 돌아가는 걸 전혀 모르고 사셨나 봐요. 말 그대로 하루아침에 알거지가 됐어요. 그래서 어머니가 아버지와 서둘러 결혼하셨어요."

열심히 일한 덕분에 맞춤복 거리의 랜드마크인 지금의 4층 건물을 지어 올렸다.

1958년생인 옥희 씨는 대부분의 1950년대 후반생이 그러하듯 도시로 이주한 경험이 있다. 옥희 씨가 16살이 되던 해, 부모님이 고향인 경상북도 선산군 산동면에서 구미로 이사를 감행했다. 아이들을 공부시키려면 돈이 필요했는데, 농지가 크지 않아 농사를 지어 봐야 수익을 올리기는커녕 입에 풀칠하기도 어려웠기 때문이다. 그때 구미에서는 구미공단이 조성되며 건설 일이 넘쳐났고, 도시 인구도 증가하고 있었다. 공장에 취업하기 위해 중년의 주부와 10대 청소년들이 구미로 왔다. 이들을 상대로 장사를 하려는 시골의 중년 여성들도 도시로 몰려들었다. 그중에 옥희 씨의 어머니도 있었다.

　구미공단은 미혼 여성이나 중년 여성들이 돈을 벌 수 있는 좋은 일자리였다. 10대 나이의 많은 딸들이 학업을 중단하고 공장에 취업했다. 가정 형편이 어려웠던 옥희 씨도 여느 딸처럼 시골을 떠나 도시의 공장으로 취업해야 할 상황이었다. 하지만 어머니는 1974년 당시 맏딸이었던 그를 할머니 댁에 두고 이사를 했다. 딸이 남은 학기 수업을 마치고 중학교 졸업장을 받길 바라서였다. 딸을 공부시켜 뭐 하냐고 볼멘소리를 하는 친척들도 있었지만, 어머니는 꿈쩍하지 않으셨다. 그 덕에 옥희 씨는 중학교를 졸업한 후 부모님이 계신 구미로 와 공장에서 일하기 시작했다.

　어머니는 딸이 19살이 되던 해에 의상 기술을 배우라고 대구로 보냈다. 어머니의 친구가 패션의 도시 대구에서 양장점을 운영하고 있었다. 딸이 독립적으로 살아가는 기반을 만드는 데 기술만 한 게 없다고 판단하신 것이다.

어머니 말씀에 따라 옥희 씨는 의상 일을 하기로 했다. 대구로 의상 기술을 배우러 갔는데 가르쳐주는 사람도 없고 아는 것도 없어서 몇 달을 고생했다. 이 길이 맞는지 달성공원 벤치에 앉아 고민하던 그날은 평생 잊을 수 없는 기억이 됐다. 하지만 여기서 그만두면 아무것도 할 수 없을 거란 마음으로 더 독하게 일했다. 가르쳐주지 않으면 어떻게 하는지 눈여겨보고 나중에 혼자 해보자고 결심했다. 그날부터 모두가 퇴근하면 양장점에 남아 바느질을 연습했다. 쓰고 남은 천을 이용해 쓰레기 수거하는 아저씨들에게 팔토시를 만들어주기도 했다. 소파에서 쪽잠을 자며 버티는 생활을 이어갔다.

그렇게 배우고 연마한 기술로 21살에 대구에서 직접 양장점을 차렸다. 500만 원을 빌려 시작한 양장점은 몇 달 만에 빚을 갚을 정도로 잘됐다. 어머니의 친구분들도 자주 찾아주었지만, 공단 근처에 양장점을 개업한 만큼 주 고객은 공단 여공 같은 직장 여성이었다. 그들은 블라우스, 바지, 치마 같은 평상복을 체형에 맞게끔 맞춰 입었다. 정해진 날짜에 몸에 딱 맞게 옷을 만들어내는 그를 고객들은 잊지 않고 다시 찾아왔다. 일일이 수작업을 하는 맞춤복의 특성상 기한을 넘기는 일이 다반사였는데 옥희 씨는 달랐다. 밤을 새워서라도 약속된 기한까지 옷을 제작했고, 고객에게 어울리는 디자인을 만들기 위해 연구하고 공부했다.

사람들은 그가 만든 옷을 입기 위해 계를 들어 목돈을 마련했다. 신분이 확실한 직장 여성들은 할부로 옷을 구입하기도 했다. 보너스를 받을 때 옷을 맞춰 입는 사람도 제법 됐다. 추석이나 설을 앞둔 명절 즈음에는 치수를 재거나 옷을 찾으러 오는 사람들로 북새통을 이뤘다. 주문한 옷이 완성되는 날, 공단의 직공들은 맞춤복을 차려입고 고향에 갔다. 고향에 내려가는 여공들에게 잘 차려입은 의복은 객지에서도 잘 지내고 있다는 안부의 표시였다.

영화배우가 입은 옷을 그대로 만들어 달라고 하는 이들이나, 옥희 씨가 만들어 입은 원피스가 예쁘다며 벗어 달래서 사 간 고객도 있었다. 반응이 좋아 똑같이 제작해 많이 팔았다. 매스컴에 등장하는 여배우들이 맞춤복을 대중화시키는 데 큰 영향을 끼쳤고, 양장점 디자이너가 입은 옷 자체가 홍보의 수단이 되었다. 선물로 옷감을 보내는 것도 유행이었다. 결혼 예단에 옷감이 포함되던 시절이었다.

대구에서 양장점을 운영하던 옥희 씨는 1981년 결혼하면서 대전으로 이사 와 14일 만에 대동에서 개업했다.

해방 직후, 대전 산업을 지탱하던 일본 기업이 철수했다. 전력 시설이 몰려있던 북한은 남한에 전력 공급을 중단했다. 대전 산업은 크게 위축됐다.

1947년의 산업구조를 보면 대전의 농업 비중은 5.7%, 공업이 4.5%이다. 전문직업은 0.9%에 불과하다. 이 시기에 특히 주목되는 점은 해방 직후여서 사회가 불안하고 공장과 기업이 문을 닫아 경제가 침체됐다는 것이다. 아래 표를 보면, 일용노무자(6.4%), 수감자(1.7%), 그리고 기타 종사자(37.8%)가 전체의 45.9%를 차지하고 있다.

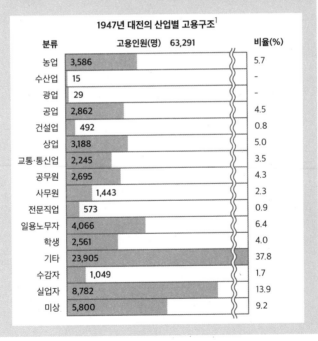

### 1947년 대전의 산업별 고용구조[1]

| 분류 | 고용인원(명)  63,291 | 비율(%) |
|---|---|---|
| 농업 | 3,586 | 5.7 |
| 수산업 | 15 | – |
| 광업 | 29 | – |
| 공업 | 2,862 | 4.5 |
| 건설업 | 492 | 0.8 |
| 상업 | 3,188 | 5.0 |
| 교통·통신업 | 2,245 | 3.5 |
| 공무원 | 2,695 | 4.3 |
| 사무원 | 1,443 | 2.3 |
| 전문직업 | 573 | 0.9 |
| 일용노무자 | 4,066 | 6.4 |
| 학생 | 2,561 | 4.0 |
| 기타 | 23,905 | 37.8 |
| 수감자 | 1,049 | 1.7 |
| 실업자 | 8,782 | 13.9 |
| 미상 | 5,800 | 9.2 |

이러한 현상은 해방으로 인해 일본 경영인이 떠나고, 해외에 흩어져 살던 우리 동포들이 대거 귀국하여 대전으로 몰려든 탓으로 해석된다. 해방 후 사회적 혼란과 경제적 침체를 잘 보여주는 사례라 하겠다.

해방 후 미군정에 의해 겨우 사회 안정과 경제 기틀을 잡아가던 대한민국은 한국전쟁이 발발하며 다시 한 번 치명적인 타격을 입었다. 제조업은 경제적 기반 역할을 제대로 하지 못했고, 일부 1차 산업의 생산을 제외한 공산품 생산은 거의 중단되었으며, 산업시설 또한 크게 파괴되었다.

특히 대전은 상공업 중심지로서 금융기관, 공공기관, 각종 사회기관이 집중된 곳이고, 해방 후 한꺼번에 100만 명이 몰린 상황이라 피해가 더욱 극심했다. 대전·충남 지역에서 공업 193개소, 상업 688개소를 포함하여 1,698개소가 파괴되는 등 한국전쟁으로 입은 대전·충남 지역의 피해는 1951년 8월 말 약 30억 달러에 이르렀던 것으로 파악된다. 전쟁 기간 동안 군부대가 대전에 입지하고, 외국 원조와 재정 투자, 융자 등을 추진하며 전후 복구사업이 진행됐다. 이는 서비스 부문을 크게 확대하는 계기가 됐다.[2]

---

1   대전상공회의소, 『대전상공회의소 60년사』, 1992. P.272 (김태명, 「도시성장에 따른 산업구조변화가 지역경제정책에 주는 시사점: 대전광역시를 사례로」〈한국지역경제연구〉 제24집, 2013, P.138에서 재인용)
2   김태명, 「도시성장에 따른 산업구조변화가 지역경제정책에 주는 시사점: 대전광역시를 사례로」〈한국지역경제연구〉 제24집, P.139, 2013.

이는 아래 자료를 통해서도 증명되는데, 한국전쟁이 끝난 1958년의 산업구조를 보면 총 취업자 수는 53,000명이고 그중 서비스업 종사자가 46,000명이다. 전쟁 이후 아직 이렇다 할 공업 발전이 없고 취업 기반이 미약하여 취업자의 대부분이 서비스업에 종사하고 있는 것이다.

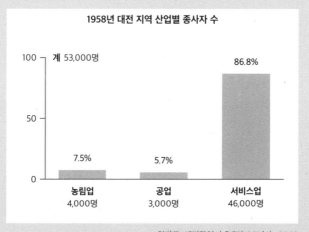

**1958년 대전 지역 산업별 종사자 수**

원자료: 대전광역시, 『대전100년사』, 2002

한편 전쟁으로 산업 제반 시설이 폐허가 된 상태에서 남성들은 직업을 구하기가 어려웠다. 전후의 실업 상황은 대전뿐만 아니라 대한민국 전체의 심각한 사회 문제였다. 생계를 유지하지 못해 가정경제가 휘청댔고 국가도 부도 직전이었다. 여성들은 팔을 걷어붙이고 집 밖 노동에 적극 참여했다. 〈근로 여성 50년사의 정리와 평가〉 자료에서는 당시 보건사회부(현 보건복지부)에서 발행한 『보건사회복지통계연보』를 인용해, 1957년 종업원 5인 이상 규모의 전산업 여성 근로자 수가 69,837명, 전체 근로의 28.5%이며, '1960년대에 시작된 경공업 중심의 수출 지향적 공업화는 섬유·의복·가발, 전기·전자 등 노동집약적 수출 산업에서 대량의 여성 노동력을 창출했다.' 라고 분석했다.[3]

많은 여성이 제대로 된 교육을 받지 못하고 급하게 노동 현장에 편입됐다. 특히 1975년에 이르면 여성들의 집 밖 노동에서 자영업이 43.2%에 달하며 가장 큰 비율을 달성한다. 안정적인 일자리가 부족해지자 영세상업 및 서비스업, 혹은 가사노동이 연장된 분야에 여성들이 진출한 것이다. '장사'는 여성이 가장 쉽게 그리고 가장 많

---

3  1950년대 실업의 원인은 해방과 한국전쟁을 거치면서 늘어난 인구로 인한 압박, 전쟁으로 산업시설이 거의 파괴되어 고용수준이 낮아진 점, 부흥 재건사업의 부진과 인플레로 인한 물가의 불안정, 농촌경제의 압박에 의한 농민들의 이농 등이었다. 정부는 경제정책을 추진했으며, 소비산업인 삼백산업의 성장이 두드러졌다. 자립경제를 확립하는 데 필요한 공업류의 건설은 이루어지지 못했다. 더욱이 1950년대 후반 미국의 경제원조 감소로 산업은 침체되고 실업율은 계속 높아졌다. 1958년 실업자는 420만 명으로 추산되었으며, 실업은 빈곤 문제로 직결되어 자살 등의 사회문제로 확대되었다. 1950년대 후반 경제성장과는 달리 실업자 수는 점점 증가했다.(이주실, 2011, PP.8-21) 1961년에는 완전실업자가 250만 명, 농어촌 잠재실업자가 200만 명 등으로 총노동인구가 1000만 명으로 산정되던 시기에 45%나 되는 사람이 완전실업자이거나 잠재실업자였다. (정승화, 2011, PP.190-196) (이주실과 정승화의 두 자료 모두 김미선, 『양장점을 통해 본 1950년대 전후 '여성의 경제'』 이화여자대학교대학원 2021학년도 박사학위청구논문 P.67에서 재인용)

이 진출했던 경제활동이었다.[4][5]

　여성들이 집 밖 노동을 하면서 수많은 옥희 씨가 탄생했다. 이들은 무능한 아버지나 학교에 다니는 남자 형제들을 대신해 일했다.

　옥희 씨들이 수많은 자영업 중 양장점을 선택한 이유는 양재기술이 여성에게 적합한 기술이었기 때문이다. 양재기술을 배울 수 있는 양재학원이 있었지만, 시간과 경제적 비용이 뒷받침되어야 하기 때문에 누구나 배울 수는 없었다. 그래서 옥희 씨처럼 양장점에 취업해 잡일을 하며 기술을 습득했다.

　1960년대에 이르러 양장점은 전국 규모에서 기하급수적으로 늘어났다. 『1963년 광공업 센서스 보고서: 사업체 명부』에 따르면 여자용 외의를 만드는 사업체 수는 1963년 12월 총 293개였다. 지역별 양장점의 수를 살펴보면 서울 89개, 부산 41개, 경기도 16개, 강원도 6개, 충청북도 15개, 충청남도 32개, 전라북도 24개, 전라남도 33개 경상북도 21개, 경상남도 12개였다. 서울이 89개로 압도적으로 가장 많았다. 그리고 서울에는 종로구 예지동, 중구 명동, 서대문구 대현동에 밀집되어 있었으며, 경남 부

---

4　이임하, 『한국전쟁과 젠더: 여성, 전쟁을 넘어 일어서다』, 서해문집
5　김은실은 1950년대는 공적 영역에 진출한 여성에 대한 규범과 가치가 재편되고 또 시험되었던 문화적 과도기이자, 여성들이 가족의 규범과 질서로부터 이탈할 가능성이 상대적으로 열린 시대라고 보았다. 그리고 1950년대 공사영역이 구축되기 시작하면서 여성의 영역은 남성의 영역에서 분할되어 젠더화 과정을 거쳤다고 지적한다. (각주 4번과 5번 모두 김미선 논문(2021) P.54에서 재인용)

산시에는 중구에, 충남 대전시에는 원동에, 전남 전주시에는 중앙동에, 남 광주시에는 충장로, 경북 대구시에는 포정동 등 특정한 지역에 양장점이 몰려있었음을 확인할 수 있다. 양장점을 한곳에 군집시켜 거리를 지나는 여성들의 관심과 호기심을 집중시켰을 것이다.[6]

『1966년 광공업 센서스 보고서: 사업체 명부』에 따르면 1966년에는 종업원 수 5인 이상인 양장점이 총 633개다.[7] 1963년과 비교하면 2배 이상 증가한 수치이다. 당시 양장점은 대부분 5-9인 규모였다. 1969년에는 서울 시내에만 양장점이 2,000여 개에 달한다는 기사가 실렸다.[8] 이렇게 맞춤복에 대한 여성의 관심이 폭발하면서 양장점 수는 더욱 증가했고, 여성이 일하기에 좋은 곳으로 인식됐다.

오른쪽 표는 전후 시기에 여성들이 양장점에서 일하는 걸 선호했다는 사실을 보여준다. 우선 여성 종업원 수가 1960년대를 지나며 크게 증가했다. 특히 1966년에는 여성이 남성보다 3배 가까이 늘어났다. 또한 양장점이 여성에게 적합한 직업이라고 담론화되면서 국가의 노동정책이 남성과 여성에게 다르게 적용되었다. 남성은 중공업 기술

---

6   김미선, 「양장점을 통해 본 1950년대 전후 '여성의 경제'」 이화여자대학교대학원 2021학년도 박사학위 청구논문 PP.56-57에서 재인용

7   양복 수선 1개, 쉐타점 1개, 한복점 9개, 자수 의상점 1개, 편물점 1개, 수예점 3개가 포함돼 있다. (김미선, 「양장점을 통해 본 1950년대 전후 '여성의 경제'」 이화여자대학교 대학원 2021학년도 박사학위 청구논문 P.57에서 재인용)

8   "기능 잃은 양재협회" <매일경제>, 1969년 9월 27일 (김미선 (2021) 논문 P.57에서 재인용)

교육을 받아 소비재 공업에서 중화학 공업으로 일자리를 옮겼다. 그 결과 1960년 중반을 지나면서 의복 제조업에서 여성 수가 증가하고 남성 수는 감소했다.

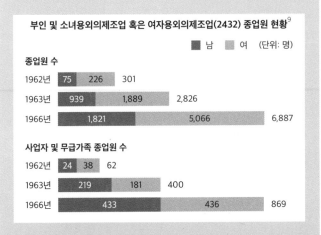

부인 및 소녀용외의제조업 혹은 여자용외의제조업(2432) 종업원 현황[9]

■ 남　■ 여　(단위: 명)

**종업원 수**

1962년　75　226　301

1963년　939　1,889　2,826

1966년　1,821　5,066　6,887

**사업자 및 무급가족 종업원 수**

1962년　24　38　62

1963년　219　181　400

1966년　433　436　869

　그렇다면 양장점 수가 늘어난 배경을 어디서 찾을 수 있을까? 우선 원조경제 때문이다.[10] 남한이 원조경제를 받는 과정에서 '미국 게 좋다'는 가치가 들어왔다. 특히 영화 같은 대중매체를 통해 양장 문화가 확산됐다. 전후 시기 우리나라 영화 산업은 미국이 독식하는 상황이었는데, 양장을 입은 미국 여성 모습이 우리나라 여성들의 시선

9　김미선 논문(2021) P.91 재인용. 원자료는 「1958년 광업 및 제조업 사업체 조사 종합보고서」, 「1960년 광업 및 제조업 사업체조사 종합보고서」 참조. 전자의 경우 '성인, 소년 및 소녀 외의 및 외투(2431)로 후자 역시 '외의 및 외투 제조업'으로 남성용과 여성용 정장에 관한 자료가 통합된 상태로 보고되었음.

10　김미선 논문(2021) PP.58-62 참조

을 잡아끌었다. 전후에 발간된 영화잡지와 여성지에서는 양품에 대한 여성 소비자들의 관심을 반영해 양장 입는 법을 소개했다. 한국전쟁으로 의복 생산이 중단되고, 한복을 만드는 원료를 생산하는 게 어려워지자 양장 문화는 더욱 확산되었다. 미국에서 받은 구호품에 끼어있는 블라우스나 치마를 가져다 줄여 입는 사람들이 늘어나면서 점점 양장 착용에 익숙해져 갔다.

양장에 대한 관심이 늘어나자 여성들은 남성들을 대신해 양재와 미용 기술을 배워 생계를 유지하고 돈을 벌었다. 그 경험은 전후 여성들이 기술을 통해 경제적 자립을 하는 계기를 마련했다.


## 비싼 기성복 대신 저렴한 맞춤복 해 입던 시절이었죠

결혼하고 14일 만에 대동 집 한 귀퉁이를 양장점으로 꾸며 가게를 열었어요. 81년이면 입어 보고 바로 살 수 있는 기성복이 있던 시절이었어요. 논노 같은 기성복이 하나둘 나오던 때였는데, 가격이 비쌌어요. 그래서 대부분 사람들은 백화점에서 파는 기성복을 사 입을 수가 없었어요. 물론 시장에서 기성복을 팔긴 했어요. 가격은 저렴했는데 디자인이나 천의 질이 형편없었죠.

맞춤복은 백화점 기성복보다 싸고, 시장 기성복보단 디자인이나 천 질이 월등히 좋았어요. 소비자 욕구를 채워준 셈이죠. 그래서 장사가 잘됐어요. 일감이 많아서 15시간, 16시간씩 일했어요. 두세 시간 쪽잠 자면서 일했는데, 단추를 다는 것처럼 간단한 건 초등학교 다니는 아이들한테 시키기도 했어요.

## 할부로 지어준 탓에 떼이기도 했어요

주 고객은 직장인들이었어요. 우리 집을 찾는 사람들은 교사나 은행 다니는 분이 많았어요. 대동이란 동네가 어려운 사람이 많아서 가정주부 고객이 많진 않았어요. 혼수로 옷을 해입을 때나 양장점을 찾았던 것 같아요.

목돈이 드니까 할부로 옷 맞추는 사람도 많았어요. 그러다 보니 돈 떼인 적도 많아요. 자녀가 결혼한다고 옷을 맞춰 입었는데 옷값을 안 주는 거예요. 돈 받으러 집까지 찾아갔어요. 주소가 적힌 주문서를 손에 쥐고 가게 건너편 고개 넘어 꼭대기까지 올라갔는데, 다 무너져 가는 집 한 채가 서 있는 거예요. 아주머니가 힘없이 앉아 계시고요. 뭐라도 사서 드시라고 수중에 있던 돈을 손에 쥐어주고 돌아온 기억이 나요.

## 돕는 손길이 있어 버텼죠

아들, 딸을 낳아 육아하며 일했잖아요. 하루가 어떻게 가는지 알 수가 없을 정도로 정신없이 살았는데, 돕는 손길이 있었어요. 그분들이 제일 생각나요. 동네 어르신들이 새댁이 고생한다고 기저귀도 개주고, 애들 유치원 다닐 때는 아이들 간식도 챙겨주고 그랬어요. "새댁이 바싹 말라서 어이하누." 하며 걱정해주시고요. 동네 어르신들이 안 계셨다면 일을 계속 못 했을 거예요. 특히 이모님 세 분과 친했는데, 그분들과는 중촌동으로 이사 간 뒤에도 계속 교류했어요.

옥희 씨는 기억에 남는 일로 한 가지를 더 꼽았다. 중구 선화동에 대전 최초의 백화점인 동양백화점이 생긴 일이다. 온갖 값비싼 물건들이 진열되어 있던 동양백화점은 사람들의 마음을 사로잡았다. 사람들은 백화점 진열대에 놓여 있는 가방이나 옷을 몹시 갖고 싶어 했다. 쇼윈도에는 하얀 장식용 가루가 뿌려져 화려함을 자랑했다. 동양백화점의 움직이는 계단을 보고 사람들은 놀라워했다. 자동으로 움직이는 에스컬레이터가 신기해서 구경하러 오는 사람들도 있었다.

3층에는 아동복 매장이 있었는데 백화점에서 옥희 씨에게 아동복 납품을 의뢰했다. 당시에는 아동복 브랜드가 없었기 때문에 양장점에 맡겼다. 그렇게 옥희 씨가 만든 옷이 백화점 아동복 매장에 진열되어 팔려나갔다. 이를 계기로 옥희 씨는 의상디자이너로 도약할 수 있었다. 양장점을 찾는 개인 고객 주문에, 백화점 아동복 매장에 납품할 옷까지 만드느라 24시간이 모자랄 판이었다.

한창 때는 일감이 너무 많아서 하루에 15시간, 16시간씩 일을 했다.

## 버스를 대절해서 오기도 했어요

대구에서 양장점을 운영하다 결혼하면서 대전으로 이사 온 거였잖아요. 그때 동네 분들이 목동 가면 목동 짜지집이 있다는 얘길 많이 하셨어요. 서울직물 가게를 목동 짜지집이라고 불렀어요. 그래서 저도 목동에 가 봤어요. 양장점 운영하는 입장에서 뭐가 다른가 궁금했거든요.

그때는 사람들이 버스 대절해서 옷 맞추러 목동까지 오던 때였어요. 수십 명이 단체로 와서 원단 구매하고, 그걸로 옷 맞추고 하던 때였어요. 장사가 아주 잘됐어요. 그래서 대동에서 몇 년 양장점 운영하다가 89년 중촌동 맞춤복 거리로 들어왔어요.

진짜 잘된 거는 말도 못 하게 잘됐어요. 그때는 어떤 집이든지 들어오는 일감을 다 못 받았어요. 우리가 주문 받은 옷이 이렇게 100장이 있잖아요? 그러면 지금 일을 하고 있는 게 100장이 있고, 여기 주문받아 놓은 게 또 있고, 한 덩어리는 대기 중이고 그랬어요. 맨날 하루 종일 일만 했어요. 블라우스나 재킷, 코트, 다 만들었어요.

**디자인은 어떻게 정하셨어요?**

백화점도 돌아보고, 일본에서 제작한 디자인북도 보고 그랬어요. 그리고 손님들도 입고 싶은 스타일이 있잖아요. 유행이란 게 있으니까요. 손님 취향을 잘 반영해서 만들었어요. 손님이랑 상의해 가면서요. 얼마나 일을 많이 했는지, 아이들이 잠들기 전에는 집에 가지를 못했어요. 덕분에 지하 방 한 칸짜리로 시작한 양장점을 몇 년 만에 4층짜리 건물로 지어 올릴 정도로 돈을 많이 벌었어요.

**많을 때는 가게가 100개가 넘었어요**

잘될 때에는 거리에 맞춤복 가게만 100개가 넘었어요. 가게가 그렇게 많았어도 다 바빴어요. 장사가 아주 잘됐거든요. 맞춤복 가격이 다른 지역보다 쌌고, 옷감 집에 가서 옷감을 사다가 양장점에 가서 바로 맞출 수 있는 데가 전국에서 중촌동 맞춤복 거리밖에 없었어요. 그러니까 전국에서 손님들이 몰려왔죠. 당시만 해도 경쟁력이 있었어요.

하지만 늦게 들어가고 일찍 나와서 일했으니까 좀처럼 아이들과 시간을 보내질 못했어요. 그나마 저는 일하는 곳과 살림하는 집이 분리되지 않아서 다른 일하는 엄마보다는 나았어요. 도와주는 분들도 많았고요. 아이들이 잘 컸어요. 고맙죠.

옥희 씨는 중촌동에 안착한 지 몇 년 만에 4층짜리 건물을 지었는데, 1층은 손님들을 맞이하고 치수를 재는 응접실이고, 2층은 제작실, 3-4층은 살림집인 주상복합형 점포였다. 옥희 씨가 말한 대로 양장점은 그에게 일하는 장소이자 자녀를 돌보는 공간이었다. 아이들은 양장점 주변에서 함께 놀고 같이 공부했다. 어린아이들을 키우며 일하는 옥희 씨가 힘들 거라며 옷을 맞추러 온 손님이 빨래를 개주기도 했다. 너무 바빠 먹는 것조차 잊고 있을 때 일하면서 먹으라고 음식을 사다 준 이들도 고객이다.

초등학교 다니는 큰아이 숙제를 봐주는 고객도 있었다. 세월이 흘러 그때 숙제를 봐주던 고객은 딸내미와 함께 옷을 맞추러 온다. 그런 고마운 고객들이 있어 오랜 세월 이 자리를 지킬 수 있었다고 말하는 옥희 씨의 얼굴에 미소가 번진다.

세월이 지나면서 옥희 씨와 고객들은 같이 나이 들어가는 친구가 되었다. 양장점은 일터인 동시에 자녀를 돌보는 보살핌 공간이었다. 그런 면에서 디자이너들은 살림채와 함께 있는 주상복합형 점포를 선호했다.

## 가족이고 공동체죠

바느질만 하는 사람들은 만나는 사람이 한정돼 있잖아요. 공간 크기는 좁아요. 그런데 진짜 진중한 사람들이에요. 배불러 낳았던 아이들이 커가고, 이젠 시집가고, 그런 가운데 또 부모님 돌아가시고 이 모든 걸 같이했단 말이에요. 가족이고 공동체예요. 같이 늙어가는 처지니까 애들 얘기하다가 손주 얘기로 넘어가고. 지금도 한 번씩 속상한 일이 있으면 여기 와요. 털어놓고 가면 좀 나으니까요.

아이들 어릴 때 기억이 나네요. 아이들을 골목에서 같이 놀렸어요. 이 집 애, 저 집 애 그냥 같이 놀리고 서로 같이 키웠어요. 아이들이 어릴 때, 애들이 미싱 높이만큼만 빨리 컸으면 좋겠다고 생각했어요. 미싱 사이에서 애들이 놀았거든요. 기계가 날카롭잖아. 그래서 여기다가 어깨 뽕 같은 거 대가지고 부딪혀도 안 아프게 해주고 그랬거든. 그러다가 어느

날 보면 이만큼 올라와 있어. 키가요. 지금은 우리 아들 키가 180인데, 덩치도 크고 그래요. 애들이 이렇게 커가지고 이제 손주도 이걸(미싱) 다 넘어가잖아.

엄마 아빠도 열심히 살았잖아요. 엄마 아빠가 열심히 살면 애들은 보고 배우죠.

## 나중에 기운 없어 못 하면 우리 식구만 해달라고 해요

대개 보면 옛날부터 하던 분들이다 보니 다들 오래된 단골이 있어요. 손님들이 못 그만두게 한다고. 저번에도 누가 85세까지는 해 달라고 막 그러시더래요. 계속 오랫동안 거래를 하니까. 나중에 기운이 없어 못 하면 우리 식구만 해주세요, 내가 작업양은 채워 드릴게요, 그렇게 말하는 분도 있어요.

정장 한 벌 맞추는 데 얼마나 들어요?

아이, 그렇게 안 비싸요. 보통 30만 원. 30만 원이면 그래도 정장으로 이렇게 맞출 수 있어요. 백화점에서 사는 것보다 훨씬 싸요.

## 우리 땐 서로에게 빚진 마음이 있었죠

우리 딸이 내년부터는 여기서 일하겠대요. 여기 와서 이제 배우겠다고요. 다른 집들도 보면, 여기 미용실 하는 집이나 재료상 하는 데나, 딸이든 며느리든 누가 이렇게 와서 하는 거

샬롬의상실은 중촌동 맞춤복 거리 양장점 중에서 최초로 드레스 맞춤을 시작한 곳이다.

보면 그렇게 부럽더라고요.

대구 서문시장이 원단 시장이잖아요. 내가 거기 어떤 사장님하고 평생 전화로만 거래를 했어요. 머니까 전화해서 주문하면 물건을 보내주고 했어요. 사람은 모르고 목소리만 서로 알고 이렇게 했는데, 원단을 주문하면 시장을 다 돌아서라도 찾아서 해주고 그랬어요. 또 어떻게 해서든지 비슷한 색으로 염색을 해서 보내주고 그랬단 말이에요. 우리끼리 서로 말하길 "진짜 친구도 이런 친구가 없지." 이랬는데, 이제 서로 나이가 들었잖아요. 이제 그 사장 아들이 물려받아서 하고 있어요. 그런데 전화 받는 거부터가 달라. 우리는 "요즘 어때요? 건강은 괜찮습니까?" 이런저런 안부도 묻고 막 이렇게 했단 말이야. 얘는 굉장히 사무적으로 나오는 거 있잖아. 그래서 내가 뭐를 찾으면 "그거 지금 없습니다." 이따가 연락할 테니 한번 끊어보래. 그래서 전화를 끊어. 그럼 전화가 없어. 요즘은 그냥 할 말만 해. 가게에 없는 물건을 막 찾아다니면서 해주는 거 그런 게 없어.

그러니까 한쪽이 무너지는 것 같더라고. 얘기를 들어보면 다른 데도 그런 거야. 이 업종만 그런 게 아니라, 그릇 집이나 냄비를 파는 데도. 거래처가 있으면 우리는 거기 편하도록, 어떻게 하면 서로한테 도움이 될까 그랬는데, 자식들은 그런 게 없더라고. 부모들 세대는 서로 다 어려웠던 거예요. 그러니까 나 어려울 때 이 사람이 도와줘서 내가 이만큼 살고 애들 키우고 했어, 그러니까 서로 빚진 마음을 갖고 감사하는 거야. 그래서 내가 할 수 있는 거는 최대한 도와주고 싶고, 막 이런 게 있지. 안부라도 물어주고 싶고. 그런데 이젠 너무 사무적으로 탁탁 그러니까 격세지감이 느껴져요.

그러다가 넘어지고 무너지기도 하고 그러지. 애들은 실패하면 다른 데서 이유를 찾잖아. 세상이 변했고 사회가 어떻고 사람들이 어떻고. 자기가 문제라고 생각 안 하지. 자기한테서 이유를 찾지 않더라고. 자꾸 잃어버리는 느낌이 있더라고. 지금은 딱 한 마 끊어갖고 그거 저울에다가 달아보더라고. 딱 무게 달아서 정확하게 하더라고. 그래, 참 잘한다. 그런 건 배워야지. 젊은 사람들이 더 잘하는 것도 있고. 이렇게 한 세대가 이제 저무는 거잖아. 진짜 열심히 일했던 사람, 지금 74세인가 된 그분도 "이제 나 가게 소파에 그냥 이렇게 누워 있기도 하고 그래. 이제 일 못 하겠어." 그러면서도 또 "집에 있으면 뭐 하니, 그냥 와서 노는 거지." 그러셔. 지금까지도 정말 열심히 했고 안 해도 되는데 그래.

**중촌동 맞춤복 거리가 쇠퇴하고 있어 안타까워요**
90년대 들어 세계화가 이루어졌잖아요. 중국에서 싼 인력으로 만든 저가 옷들이 판을 치게 됐단 말이에요. 맞춤복은 기다

려야 하는데 기성복은 바로 사서 입을 수 있어 편리하고요. 맞춤복보다 기성복이 가격도 싸고 디자인도 다양하니까 옷을 맞춰 입는 사람이 자꾸 줄잖아요. 그러니까 하나둘씩 가게를 접고, 양장점을 운영했던 사장님들도 나이를 먹고 아파서 가게를 닫기도 하고. 이러면서 100개까지 갔던 가게가 한 40여 개로 줄었어요. 일하는 분들이 30년에서 50년 이상 의상 제작을 하신 분들이라 기술이 뛰어나거든요. 그런데 기성복이 워낙 대세라 바느질을 배우려는 사람이 없어서 후진 양성이 안 돼요. 우리가 죽은 다음에 50년 이상 이어온 중촌동 맞춤복 거리가 사라져 버리면 어쩌나 걱정이죠. 세계 어느 곳에서도 중촌동처럼 패션 장인들이 모여 거리를 조성한 곳이 없거든요.

옥희 씨의 말대로 전국에서 버스를 대절해 올 정도로 찾는 이가 많았던 중촌동 맞춤복 거리는 1990년대 들어 쇠락하기 시작했다. 1992년 중국과 국교 정상화를 이루면서 저가 중국 상품이 시장에 밀려 들어와 국산품을 위협하기 시작했다. 게다가 1990년대 후반 인터넷 보급이 본격화되면서 정보화 사회를 앞당겼고, 자유무역을 확대하기 위해 WTO가 결성되었다. 세계화의 급속한 진전은 기업의 개방과 국제화를 촉진하는 계기가 되었다. 대형 할인매장과 백화점이 대전에 진출해 유통업 판도를 바꾸어 놓았고 전통시장은 큰 타격을 받았다. 맞춤복 제작 기술자들도 예외가 아니었다.

## 제조업의 구조변화 추이 (1990-2010)[11]

| 종사자 수 기준 | 90(A) | 95 | 00 | 03 | 10(B) | B-A |
|---|---|---|---|---|---|---|
| 음·식료품 | 5.7 | 8.3 | 10.1 | 11.2 | 9.8 | ▲ 4.1 |
| 담배 | 2.2 | 1.4 | 2.0 | 2.2 | 1.4 | ▼ 0.8 |
| 섬유 | 15.9 | 12 | 10.1 | 6.1 | 3.1 | ▼ 12.8 |
| 봉제의복·모피 | 11.0 | 9.3 | 7.1 | 5.7 | 3.9 | ▼ 7.1 |
| 가죽·가방·신발 | 6.9 | 5.5 | 2.5 | 1.5 | 0.7 | ▼ 6.2 |
| 목재·나무 | 2.0 | 1.5 | 1.1 | 1.1 | 0.6 | ▼ 1.4 |
| 펄프·종이 | 3.1 | 3.4 | 3.8 | 4.0 | 3.2 | ▲ 0.2 |
| 출판·인쇄 | 5.0 | 5.5 | 7.9 | 6.3 | 3.2 | ▼ 1.8 |
| 코크스·섬유 | 0.0 | 0.9 | 1.1 | 1.3 | 0.1 | ▲ 0.1 |
| 화학물·화학 | 5.1 | 4.9 | 5.1 | 5.8 | 5.5 | ▲ 0.4 |
| 고무·플라스틱 | 8.1 | 9.5 | 8.4 | 8.7 | 8.2 | ▲ 0.1 |
| 비금속광물 | 4.1 | 3.5 | 1.4 | 1.7 | 1.7 | ▼ 2.4 |
| 제1차금속 | 3.3 | 1.6 | 2.0 | 2.2 | 1.9 | ▼ 1.4 |
| 조립금속 | 6.0 | 8.7 | 5.5 | 6.3 | 8.2 | ▲ 2.2 |
| 기타기계·장비 | 2.3 | 3.5 | 3.3 | 4.1 | 4.1 | ▲ 1.8 |
| 컴퓨터·사무기기 | 0.3 | 0.3 | 0.4 | 0.7 | 1.8 | ▲ 1.5 |
| 전자부품·영상·음향·통신장비 | 1.4 | 2.1 | 4.6 | 5.9 | 12.2 | ▲ 10.8 |
| 기타전기기계 | 2.3 | 3.5 | 3.3 | 4.1 | 4.1 | ▲ 1.8 |
| 의료·정밀·광학기기·시계 | 2.2 | 1.5 | 4.0 | 5.1 | 8.2 | ▲ 6.0 |
| 자동차·트레일러 | 1.7 | 1.9 | 2.1 | 3.3 | 3.6 | ▲ 1.9 |
| 기타운송장비 | 1.9 | 0.8 | 1.6 | 0.6 | 0.7 | ▼ 1.2 |
| 가구·기타 | 5.1 | 5.3 | 5.0 | 4.3 | 4.4 | ▼ 0.7 |

| 사업체 수 기준 | 90(A) | 95 | 00 | 03 | 10(B) | B-A |
|---|---|---|---|---|---|---|
| 음·식료품 | 6.8 | 7.0 | 8.2 | 7.8 | 20.5 | ▲ 13.7 |
| 담배 | 0.2 | 0.1 | 0.2 | 0.2 | 00 | ▼ 0.2 |
| 섬유 | 8.2 | 6.8 | 6.4 | 4.5 | 5.4 | ▼ 2.8 |
| 봉제의복·모피 | 8.5 | 6.6 | 5.7 | 4.9 | 7.1 | ▼ 1.4 |
| 가죽·가방·신발 | 6.9 | 7.2 | 4.2 | 2.0 | 0.6 | ▼ 6.3 |
| 목재·나무 | 4.0 | 3.2 | 2.2 | 2.1 | 1.5 | ▼ 2.5 |
| 펄프·종이 | 3.8 | 4.8 | 5.4 | 6.2 | 8.1 | ▲ 4.3 |
| 출판·인쇄 | 3.8 | 4.8 | 5.4 | 6.2 | 8.1 | ▲ 4.1 |
| 코크스·섬유 | 0.1 | 0.1 | 0.1 | 0.2 | 0.1 | — 0.0 |
| 화학물·화학 | 3.2 | 3.4 | 4.4 | 5.3 | 2.7 | ▼ 0.5 |
| 고무·플라스틱 | 6.1 | 6.4 | 6.2 | 6.1 | 2.6 | ▼ 3.5 |
| 비금속광물 | 5.8 | 4.5 | 3.5 | 3.4 | 1.7 | ▼ 4.1 |
| 제1차금속 | 3.3 | 2.2 | 1.7 | 1.7 | 1.3 | ▼ 2.0 |
| 조립금속 | 7.2 | 10.9 | 10.9 | 10.4 | 12.9 | ▲ 5.7 |
| 기타기계·장비 | 2.3 | 3.7 | 4.1 | 4.8 | 4.5 | ▲ 2.3 |
| 컴퓨터·사무기기 | 0.6 | 0.2 | 0.8 | 0.8 | 0.8 | ▲ 0.2 |
| 전자부품·영상·음향·통신장비 | 2.0 | 1.4 | 4.2 | 5.8 | 3.1 | ▲ 1.1 |
| 기타전기기계 | 2.3 | 3.7 | 4.1 | 4.8 | 4.5 | ▲ 2.3 |
| 의료·정밀·광학기기·시계 | 1.8 | 2.1 | 5.9 | 8.3 | 3.1 | ▲ 1.1 |
| 자동차·트레일러 | 1.3 | 2.5 | 1.8 | 2.1 | 1.0 | ▼ 0.3 |
| 기타운송장비 | 0.3 | 0.3 | 0.4 | 0.6 | 0.4 | ▲ 0.1 |
| 가구·기타 | 7.8 | 6.8 | 6.2 | 4.9 | 4.4 | ▼ 3.4 |

대전시 제조업의 구조조정 현황 (1990-2010)[12]

| | 종사자 수 증가 | 종사자 수 감소 |
|---|---|---|
| **사업체 수 증가** | 음·식료품 업종<br>전자부품·영상·음향·통신장비<br>의료·정밀·광학기기·시계<br>기타 전기기계<br>컴퓨터·사무용기기<br>코크스·석유정제 | 출판·인쇄<br>기타 운송장비 |
| **사업체 수 감소** | 펄프·종이<br>화학물·화학<br>고무·플라스틱<br>자동차·트레일러 | 섬유제품제조업<br>가죽·가방·신발<br>봉제의복·모피<br>비금속광물<br>가구·기타<br>목재·나무<br>제1차 금속<br>담배 |

11  2017년 제10차 산업분류체계 개정에 따라 '양장'과 관련된 현재의 산업분류체계는 다음과 같다. '대분류(C제조업) > 중분류(14 의복, 의복액세서리 및 모피제품 제조업) > 소분류(141 봉제 의복제조업) > 세분류 (1411 겉옷 제조업)'에서 '14112 여자용 겉옷 제조업'으로 구성된다. 10차 개정에서 '정장'이라는 용어 대신에 '겉옷'으로 변경되었다. 자료 출처 『통계청 고시 제 2017-13호』, 표의 데이터는 김태명 「도시성장에 따른 산업구조변화가 지역경제정책에 주는 시사점: 대전광역시를 사례로」, 〈한국지역경제연구〉 제24집, P.145에서 인용

12  표의 데이터 자료는 김태명 「도시성장에 따른 산업구조변화가 지역경제정책에 주는 시사점: 대전광역시를 사례로」 P.146에서 인용

## 맞춤 드레스 전문점, 틈새시장 찾았어요

아무리 기성복이 대세인 시대라지만 맞춤복도 필요해요. 분명히 틈새시장이 있어요. 50년간 고객을 상대해 본 기술자라 알아요. 체형이 보통 사람과 다른 분이 있어요. 장애인이라든가 키가 너무 작은 분이라든가, 기성복 사이즈로 커버가 안 되는 몸집이 큰 분들요.

100세 시대가 되면서 실버 합창단, 실버 오케스트라 등 무대에 서는 노인들이 많아지면서 맞춤 무대복의 수요가 늘었어요. 그래서 샬롬의상실이 중촌동 맞춤복 거리 양장점 중에서 최초로 드레스를 맞추게 됐어요. 드레스가 틈새시장이더라고요. 드레스로 바꿔서 돈 많이 벌었어요.

맞춤복 전성기였을 때 대전 인구가 50-60만이었어요. 그런데 지금은 150만이에요. 대전 연구단지나 둔산 개발 때문에 인구가 그쪽으로 많이 이동했단 말이에요. 둔산동에 정부 청사가 세워지면서 식당이며 병원, 백화점 같은 편의시설이 많이 생겨났고요. 연구단지 때문에 엘리트 인구도 늘어났어요. 고객들의 욕구가 예전과 달라졌는데 중촌동 여기는 그대로인 거예요. 변화에 따라가는 속도가 늦었어요.


## 중촌동패션상인협의회 회장직 수락이 시작이었죠

패션인들이 모여 만든 상인협의회가 있거든요. 그 지부로 대전 중촌동패션상인협의회가 있고요. 맞춤복 수요가 주니까 고민들이 컸죠. 기술은 있는데 고객이 없으니까 답답하고 절망스러운 나날이었어요. 중촌동 패션상인협의회 회장직을 맡아 달라고 해서 본격적으로 중촌동 맞춤패션거리의 방향을 연구했어요.

요새 평균수명이 늘어나면서 노인들의 활동이 늘어났잖아요. 실버 합창단 등 노인들이 무대에 설 기회가 많아졌고요. 선교의 일환으로 교회가 성가대, 합창단, 중창단 등을 운영하는 경우도 많아졌어요. 드레스가 이전보다 대중화된 거죠. 드레스 전문점이 경쟁력 있겠다 싶었어요. 맞춤복 거리에 드레스 전문점이 생겨나기 시작하게 됐죠.


이렇게 가만히 손 놓고 있지 않고, 지속적으로 옷에 대한 감각, 사업 운영 방식 등을 높이려고 노력하다 보니 기회가 생겨났다. 양재기술은 배움, 공부, 지식을 뜻했다. 급격하게 바뀌는 환경 속에서 맞춤복의 미래 방향을 고민하기 위해 전국의 문화 콘텐츠 관련 사업체를 돌아다녔다. 이 과정에서 배운 지식을 바탕으로 대덕대학교 패션디자인학과와 MOU를 맺었고, 2012년부터 중촌동 맞춤복 거리에서 패션쇼를 진행했다. 대덕대학교 모델학과 대학생들이 무대에 섰고, 맞춤복 거리 기술자들은 그들이 입을 옷을 만들었다. 옥희 씨는 드레스를 만들어 모델에게 입혔다. 10년째 이어지고 있는 패션쇼는 중촌동 맞춤복 거리를 알리는 데 기여했다.

지역 활동 덕분에 옥희 씨는 다양한 경험을 하며 배움을 얻었다. 이렇게 쌓은 지식이 지역을 이끌어 나가는 데 큰 도움이 되었다.


패션을 전공한 대전 청년들의 현실은 어떤가요?

우리가 대학 교수님들하고도 커뮤니티가 있거든요. 그래서 청년들의 현실을 조금 알아요. 청년들이 졸업을 해도 대전에는 받아줄 기업이 없어서 거의 뭐 93-94%가 다 서울로 가요. 그런데 서울에서는 생활비가 너무 많이 들잖아요. 방값도 비싸고 이러니까 버티기가 힘들어요. 방값 내면서 먹고살 수가 없는 거예요. 그러니까 이제 버티다가 6개월이나 1년, 2년 만에 내려오고 경력단절이 되는 거예요.

그래서 기술을 배우고 싶어 하는 사람이라면 누구든지 우리가 가진 기술을 전수해 주려고 하는 거예요. 여기 있는 분들이 이제 나이가 많아서 지금 60대 중반, 70대, 80대거든요. 우리 죽기 전에 젊은이들에게 기술 남겨주련다, 그런 마음이 있어요. 플랫폼은 그런 기능을 하게 될 거예요.

## 지역 상인들의 오랜 숙원사업, 중촌동 패션플랫폼

패션플랫폼을 만드는 건 우리 지역 상인들의 오랜 숙원사업이었어요. 패션디자인을 전공한 대학생들과 패션쇼를 같이 해보니, 디자인 감각은 좋은데 바느질이 안 되더라고요. 청년들이 바느질 연습을 하려고 해도 학교에 할 만한 곳이 없더라고요. 가르쳐주는 사람도 없고요. 그게 대학의 현실이더라고요. 그래서 우리가 대학생들하고 연구를 하든지 바느질을 가르쳐주든지 무언가 공동으로 해보려고 해도 같이 모일 장소가 없어서, 공간 하나 만들어달라 그렇게 정부에 요구하게 된 거예요. 그게 패션플랫폼으로 현실화됐어요.

중촌동 맞춤복 거리 상인들이 후진 양성에 관심을 가지는 데에서 전문기술이 끊길까 노심초사하는 장인의 모습이 엿보인다. 실업으로 한숨 쉬는 청년들을 어엿한 전문가로 키워 사회 일원이 되도록 도우려는 어른의 책임감이기도 하다.

상인들은 하루 16시간 이상의 장시간 노동을 견디며 일한 덕에 부를 쌓았다. 아이들 대학 공부와 유학도 시켜주었다. 자기 분야의 전문가로 자란 자녀들을 볼 때마다 집안 형편 때문에 학교를 제대로 못 다닌 한을 물려주지 않아 다행이라고 안도한다. 힘들게 일한 만큼 보상을 받았다는 상인들은, 이제 사회를 위해 뭔가를 할 때라고 말한다. 그런 꿈을 품고 중촌동패션상인협의회가 2018년 도시재생 기금 제안서를 제출해

패션플랫폼을 만드는 건 이곳 장인들의 오랜 숙원사업이었다.

10억 원을 지원받았다. 그 돈을 종자돈 삼아 2023년 2월 드디어 패션플랫폼을 개장하였다. 중촌동 패션플랫폼은 청년과 바느질 장인을 이어주는 꿈의 장소가 될 예정이다.

### 건강은 어떠세요?

그래도 일을 했기 때문에, 일하고 있으니까 그만큼 건강하게 사는 거예요. 나는 아주 문턱 낮은 그런 공간을 만들고 싶어요. 누구라도 와 가지고 지나가다가 그냥 단추가 떨어지면 와서 단추 달고 가고, 바지 길이가 길면 여기 와서 이렇게 박아 가고. 이게 어려운 게 아니에요. 어떤 작가가 저번에 와서 미싱을 한번 배워보고 싶대. 무척 해보고 싶대. 미싱 앞에 앉아요. 옆에서 이걸 켜고 그다음 미싱 발판에 발을 올려봐요. 앞으로 하면 앞으로 가고 뒤로 하면 뒤로 가요. 이렇게 하는 거예요. 금방 하죠. 그래서 나는 천 조각을 막 모아놓거든요. 그런 거 막 이렇게 해보라고. 고장도 잘 안 나요. 미싱 발명한 사람이 너무 잘 만들어서 고장이 안 나. 미싱 판매 사업이 망했다 할 정도로 고장이 안 나요. 손볼 게 없어. 내가 미싱을 처음 할 때 10만 원 주고 샀거든요. 그런데 10년을 쓰고 또 10만 원 주고 팔았어요. 이렇게 이게 거의 돈이 안 들어요. 미싱 하나 있으면 돼요. 100만 원 정도밖에 안 들어요. 요즘 뭐 아무거나 해도 1억 안 들면 못 하거든요. 우리가 항상 옷은 입어야 하잖아요. 미싱 할 줄 알고 옷에 대한 이해만 좀 있으면 수선집 같은 거 해도 되고요. 세상천지에 망할 일 없는 게 이거예요. 망할 일이 없지, 기계 고장도 안 나지. 옷은 누구라도 다 입고, 그리고 우리나라는 사철이 있어서 얼마나 좋아.

여성들이 대학에서 좋은 학과 전공해도 경력단절되는 경우가 있잖아요. 애들 옷이 짧거나 길면 고쳐줄 수도 있고, 그리고 얼마든지 가르칠 수 있고, 또 자기가 해갈 수 있고 할 수 있는 일이 많아요.작년에 우리가 지원 사업으로 '한 땀 한 땀 어쩌다 장인' 사업을 했거든요. 집에서 조각천 같은 거 가지고 와서 꽃 하나 달고 여기다 작은 꽃 넣고 이러면 완전 작품이 돼 버려요. 애들 것도 바지 길이가 짧아졌어. 그러면 중간을 잘라서 다른 천을 대. 이렇게 작품이 되는 거야. 너무 재밌잖아요. 우리가 그런 사업도 하고 유튜브 같은 것도 관심을 가지고 하잖아요.

## 쉽게 사고 쉽게 버리는 거 문제예요

〈옷을 위한 지구는 없다〉라는 다큐멘터리가 있는데, 옷이 너무 많이 버려지는 게 심각한 문제라고 지적해요. 정말 심각하더라고요. 우리가 옷을 너무 쉽게 사는 거야. 인건비가 싼 개발도상국에 공장 세워서 옷을 막 찍어내잖아요. 유명 디자인 제품과 비슷하게 해서요. 그렇게 나오니까 그냥 길 가다가 좌판에 있는 거 이삼천 원 주고 막 사 입고. 쉽게 사면 쉽게 버리

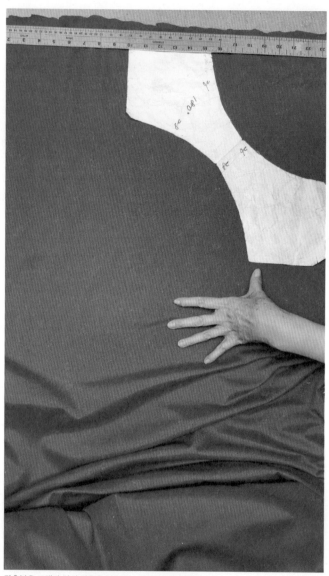

맞춤복은 고객과 같이 마음을 맞춰가는 일이라고 생각한다.

고. 그러니까 헌 옷이 너무 많이 버려지고, 이게 정말 환경에도 어마어마하게 안 좋은 영향을 주더라고요. 음식만 패스트푸드인 게 아니라 신발이고 의류고 패션도 그래요. 더 오래입는 운동을 해야 된다고 생각해요.

**맞춤복은 고객과 장인의 마음을 맞추어 가는 것**

맞춤복은 생각해야 되거든요. 내가 디자인을 생각해야 돼요. 이 천을 놓고 이 옷이 만들어졌을 때 어떻게 될 건지요. 디자이너가 고민해서 만드는 옷이라는 걸 알기 때문에 고객은 기다리는 거죠. 바둑만 몇 수 앞을 보는 게 아니라, 우리가 원단을 놓고 여기다가 주머니를 이렇게 달았을 때와 저렇게 달았을 때를 상상한 뒤에 더 낫다 싶은 쪽으로 다는 것도 몇 수 앞을 보는 거예요. 그렇게 해서 하나씩 내가 생각한 게 만들어졌을 때 느끼는 만족감 때문에 맞춤복은 쉽게 못 버려요. 고민해서 만든 옷이라 바느질도 꼼꼼하고요. 지나가다가 다 만들어진 완성품 그냥 툭 사 입는 것과는 다르죠. 그때는 우리가 한 일주일 있다 가봉하고 일주일 있다 찾고 이러면서 그옷을 계속 생각해야 했고, 그래서 기다릴 줄 알았죠. 맞춤복을 입을 땐 사람들 마음이 그만큼 단단했어요. 지금은 못 기다리고 성급하잖아요.

또 내가 생각한 디자인하고 이쪽 기술하고 만나야 되잖아요. "이 원단을 이 자리에 했을 때 이것보다는 이게 낫겠다." 타협도 하고요. 옷 만드는 이 안에 모든 게 다 있거든요. 옷이 완성된 뒤에 "마음에 들어요." "마음에 안 들어요." 하잖아요. 우리가 마음을 맞춰가는 일이 되더라고요. 아무도 "몸에 잘 맞네." 이렇게 말 안 해요. "마음에 들어요." 이렇게 말해요. 나는 몸을 쟀는데 마음이 만나는 거죠. 같이 얘기하고 밥도 먹고 차도 마시고 이러면서 지기가 되더라고요. 친구가 되고. 저절로 그렇게 돼서 이제 그 사람 옷장에 뭐가 있는지 우리가 다 알게 돼요. 저번에 한 옷하고 이렇게 입으면 되겠다, 이런 이야기도 하게 되고.

## 맞춤복 거리는 언뜻 초라해 보여도 알짜예요

나도 동양백화점에 옷을 넣어봤잖아요. 아무래도 백화점은 비싸요. 백화점에 수수료를 내야 하잖아요. 게다가 옷이 잘 팔리든 안 팔리든 직원을 세워 둬야 하고요. 제품값이 비싸질 수밖에 없는 구조예요. 여기(맞춤복 거리)는 약간 초라해 보여도 이거는 맨투맨이에요. 맞춤복에는 다른 건 안붙어요. 원단값이랑 우리 공임만 들어가요. 다른 건 더 없지.

옷 만드는 걸 좋아하셨어요?

안 좋아했어요. 나는 여기다가 갖다 놨으니까 이 일을 했지,

원단을 펼쳐 놓고 옷이 만들어졌을 때를 상상하며 서로 의논한다.

또 다른 데 갖다 놨으면 다른 거 하고 살았을 거예요.

그런 거 전혀 없었어. 나는 그냥 공부하고 싶었지. 책 보는 거 좋아하고 되게 조용한 사람이어서 이런 거를 하고 살 거라고는 생각도 안 했고 꿈도 꾸지 않았어. 그랬는데 엄마가 거기다 데려다 놨으니까 한 거예요. 우리가 또 견디는 건 잘하거든. 그래서 그냥 참고 견디고 했어요.

　나는 원래 손재주 없었어요. 재주라고 하는데 재주가 아니더라고요. 재주로 하는 거 같으면 나는 못 했을 거야. 근데 시간의 힘이라는 것이 그래요. 내가 어디서 어떤 시간을 보내느냐에 따라 내가 만들어지고 다듬어지고 이렇게 되더라고요. 사람들이 배우러 오면 나 같은 사람도 하는 거 보니까 여기다가 시간을 쓰면 된다 그런 얘기를 하거든. 진짜 재주로 하는 거면 나는 못 해. 재능이 없어. 재단도 해보면 그냥 수학이에요, 응용이고. 기본 패턴만 딱 뜨면 거기에서 다 응용하는 거예요. 그러니까 이거를 했지, 무슨 솜씨를 부려서 하는 거라면 못 했을 것 같아요. 예전에 우리 학교 다닐 때도 왜 이렇게 뜨개질 같은 거 이런저런 거 해서 바자회도 하고 막 그랬잖아요. 내가 손이 빠르지도 못하고 모양을 잘 뜨지도 못하더라고요. 그림도 못 그리지, 달리기도 못하지, 노래도 못하지, 진짜 그런 사람이었는데, 그냥 여기다 데려다 놨으니까 여기서 그냥 참고 있었던 것밖에는 없어. 그래서 난 옷 만드는 일은 누구라도 할 수 있는 거라 생각해. 재능이 있으면 더 좋겠지. 근데 우리가 이렇게 사람을 참 많이 가르쳐도 보고 했는데, 좀 자기가 재능이 있고 잘한다 싶은 사람은 또 이렇게 꾸준히 안 하더라고요. 어떻게 어떻게 하다 보니까 한평생을 이걸 하고 사네, 진짜.

인생을 돌이켜 보면 신기한 게 많다고 옥희 씨는 말했다. 예상했던 삶은 아니었으나 열심히 살았다며 후회하지 않는다고 덧붙였다. 재봉틀에 앉아 채운 50여 년의 시간은 오롯이 옥희 씨의 것이기 때문이리라.

만나는 횟수가 늘어날수록 옥희 씨가 중촌동 맞춤복 거리를 떠나지 않은 이유를 알 것 같았다. 평생을 한 가지 일에 힘을 쏟은 사람이 가지는 감정이랄까. 누군가를 살리는 마음이다. 옥희 씨는 어김없이 그 마음으로 오늘도 재봉틀 앞에 앉아 고객의 옷을 만든다.

# 1981년생이 본
# 중촌동 맞춤복 거리의 삶

## 샬롬의상실 김혜진 실장

◎

장인들이 지켜온 동서대로 1421번길 골목에서 피어난 문화가 50년을 지나 100년을 향해 흘러가고 있다. 이곳에서 옷을 짓는 장인으로 살아간 수많은 옥희 씨들. 일흔 혹은 여든의 노인이 된 그들이 바라는 게 있다면, 자신들이 피땀 흘려 만든 맞춤복 거리의 문화를 이어갈 청년이 많아지는 것이다.

옥희 씨는 인터뷰에서 쉽게 옷을 사고 버리는 '패스트 패션 시대'에 마음과 마음이 만나는 문화, 쓰레기를 만들지 않는 친환경적인 문화를 고민하는 청년들이 귀하다고 말했다. 샬롬의상실 김옥희 대표를 이어 중촌동 맞춤복 거리에서 디자이너의 삶을 시작한 김혜진 실장도 그런 청년 중 한 명이다.

### 돌아온 탕자라고나 할까요?

샬롬의상실 김옥희 씨의 외동딸 김혜진 씨(41세)는 "가야 할 길이었는데 돌고 돌아 이제야 내 길을 찾아온 거 같다"고 말했다. 음악교육과 영어교육을 전공하고 15년 동안 교사로 아이들을 가르친 그가 가야 했던 길은 맞춤복을 만드는 장인의 길이었다. 휴일 없이 15-20시간을 일하는 어머니를 향해 "엄마처럼은 못 산다"며 새로운 길을 개척하겠다던 혜진 씨는 원하는 모양의 성취를 이루지 못했다. 하지만 세상일이 만만치 않다는 걸 뼈저리게 배운 값진 시간이었기에 후회하지 않는다.

그는 어릴 때, 함께 살지만 좀처럼 얼굴을 볼 수 없던 엄마를 그리워했다고 말했다. 엄마는 고객들이 주문한 옷을 제때 마무리하기 위해 12시가 넘은 시간에 퇴근했고, 그런 뒤에도 두 시간 쪽잠을 자며 밤새 일을 하다 새벽에 다시 출근하곤 했다. 아침에 눈을 뜨면 이미 엄마는 없었다. 그나마 주말에 엄마 얼굴을 볼 수 있었는데, 너무 반가워 "엄마, 안녕? 오랜만이야."라고 말할 정도였다고 했다.

당시 중촌동 맞춤복 거리의 모든 양장점은 공임이 싸다고 전국에 입소문이 난 덕에 일거리가 쏟아져 아우성을 칠 정도였다. 열심히 일한 어머니 덕분에 어릴 적 혜진 씨는 풍족한 삶을 살았다. 하지만 엄마의 삶은 고달파 보였다. 혜진 씨가 의상디자이너의 길을 가고 싶지 않았던 이유다.

엄마가 일하는 시간을 대충 세봤는데, 하루에 최소 15시

혜진 씨는 엄마의 뒤를 이어 의상실을 운영해 봐야겠다는 생각에 다시 맞춤복 거리로 돌아왔다.

간 정도 되더라고요. 너무 일을 많이 하셔서 저는 이걸 안 하려고 오래 도망 다니다가 돌아온 탕자가 된 거예요.

안 하고 싶어서 도망 다니셨는데 결국 어머니 뒤를 이어 샬롬의상실 운영을 해봐야겠다는 생각을 한 거네요.

어머니가 너무 열심히 일하시는 걸 보며 자라서 저는 좀 놀고 싶었어요. "엄마가 하는 일 물려받아서 하면 어떠냐?" 하고 물어보실 때마다 싫다고 했거든요. 가끔 엄마 바쁠 때 도와드리기는 했으나 붙박이로 하고 싶지는 않았어요.

어릴 때부터 피아노를 쳤기 때문에 자연스럽게 음악교육학과를 갔어요. 경쟁력을 갖고 싶어서 영어교육을 복수전공했고요. 선생님이 되고 싶어서 임용고시를 여러 번 봤는데 잘 안 됐어요. 기간제 영어교사로 아이들을 지도하고 음악교사 활동도 했어요. 학교에서 아이들을 가르쳤는데 음악교사보다는 영어교사 자리가 더 많아서 영어교사를 더 많이 했죠.

그런데 요새 저출산 문제가 심각하잖아요. 아이들 수가 줄어서 교사들도 잘 뽑지를 않더라고요. 스트레스가 굉장히 심했어요. 그렇게 어렵게 사회생활하면서 결혼을 하고 출산을 했어요. 아이를 낳고 보니 엄마 삶이 다르게 보이더라고요. 내 눈에 힘들게만 보였던 엄마의 일이 엄마에게는 자부심을 주는 일이었고, 어머니가 그렇게 열심히 일하신 덕분에 내가 어려움 없이 공부하고 지금까지 살아올 수 있었다는 것을 알게 된 거죠.

맞춤복 시장이 틈새를 찾으면 전망 있어요. 그래서 엄마 뒤를 이어 샬롬의상실을 운영해 봐야겠다, 나도 내 딸에게 우리 엄마처럼 멋진 엄마가 되어주어야겠다 생각하게 됐죠.

철이 든 건가요?

네에. (웃음) 맞아요. 그리고 이 일이 보람이 있어요. 엄마가 그 보람에 대해서 많이 이야길 해주셨어요.

예를 들면 어떤 건가요?

가장 보람을 느낄 때는 맞춤복이 꼭 필요한 분들의 옷을 만들 때인 것 같아요. 체형상 몸에 맞는 기성복을 도저히 찾을 수 없는 분들이 있어요. 그분들이 자기 몸에 꼭 맞는 옷이 만들어진 걸 보시면 엄청 신기해하시면서 너무나 만족해하세요. 그 모습을 볼 때 참 뿌듯해요. 또 공연의상도 맞춤제작밖엔 방법이 없잖아요. 제가 같이 일하기 시작한 지 얼마 안 지나서 뮤지컬 의상 주문이 들어왔었어요. 닭 역할을 맡은 분의 옷을 만들어야 하는데 참 어렵더라고요. 온갖 아이디어를 짜내서 만들긴 했는데, 이게 무대에서 어떻게 연출될지 너무 궁금한 거예요. 감사하게도 그 뮤지컬 공연에 초대받아서 공연을 봤는데 내가 만든 옷이 무대에 나오는 게 너무 신기하고 재미있었어요. 엄마는 공연 초대도 다 갈 수 없을 만큼 많이 받으시고 옷 잘 입고 공연 잘했다는 감사 인사를 수없이 받아오셨으니 정말 보람차시겠지요.


중촌동 맞춤복 거리에는 나이 드신 분이 많잖아요.

네, 그래서 제가 20-30대 때 재미없다고 생각했던 것 같아요. 나이가 비슷한 사람들이랑 같이 일해야 소통도 되고 더 재밌잖아요. 20대 아가씨가 나이 많은 분들이랑 있으려니까 교류가 안 됐던 거죠.

작년에 청년들이 여기서 창업을 했어요. 가끔 찾아가서 이야기 나눠요. 개인적인 고민도 얘기하고 맞춤복 거리의 발전 방향에 관한 대화도 하고요. 요새 유행하는 추세에 대한 정보도 듣고요. 어느 정도 소통이 되니까 훨씬 낫죠.

9월부터는 충남대학교대학원 의류학과에 진학해서 디자인 공부를 할 거예요. 29살 때 임용고시 준비하다가 안 돼서 국비로 학원을 조금 다녔던 적이 있어요. 포토샵도 배우고 패션디자인도 공부해서 잠깐 서울에서 일한 적이 있었어요. 그때 이후로 디자인에 대한 공부를 다시 하는 거라 기대돼요. 아직 배우는 단계여서 맞춤복 거리의 방향 같은 거창한 이야긴 못 해요. 그래도 고객들이 맞춤복을 입고 기뻐하는 모습 보니까 보람을 느끼고, 먼 길을 돌아온 만큼 지금 이렇게 일할 수 있는 곳이 있다는 게 감사해요. 엄마가 나이 드시는 게 이제 눈에 보이니까 '엄마가 건강하실 때 하나라도 빨리 배워야겠다' 정신이 바짝 들더라고요.

네. 일단은 엄마가 하시는 일을 제가 다 할 수 있도록 배우는 게 첫 번째 목표예요. 그다음엔 한복과 서양복을 퓨전 형식으로 풀어내는 방식을 배우고 싶어요. 특화만이 살 길이죠.

혜진 씨는 맞춤복 시장이 틈새를 찾으면 전망이 있다고 확신한다.

계속 이렇게 계승해 나가고 싶으신 거네요.

네. 일본은 대대로 자녀에게 직업을 물려주잖아요. 아들이나 딸이 일을 물려받아 하고, 그의 아들이나 딸이 또 하고요. 저도 그러고 싶죠. 엄마가 지금까지 해오신 게 아깝고 좋은 일인 것 같아요. 그래서 저도 이제 하는 거고요. 제 딸도 이걸 했으면 좋겠는데 얘도 "안 해." 그러더라고요. '너도 언젠간 돌

아올 거야.' 마음속으로 생각하죠. (웃음)

혜진 씨에게 샬롬의상실이 갖는 의미는 뭘까요?

엄마의 삶이죠. 저는 어렸을 때 엄마가 너무 보고 싶었거든요. 너무 바쁘셔서 못 보고 살았으니까요. 그래서 엄마랑 같이 있는 게 일단 좋아요.

처음에 엄마랑 같이 일하게 됐을 때 하루 종일 엄마를 실컷 볼 수 있는 게 너무 좋은 거예요. 엄마의 평생이 여기 들어 있는 거잖아요. 그래서 지키고 싶고 더 발전시키고 싶어요. 이 가게는 그냥 엄마예요. 엄마 같아요. 나도 우리 엄마처럼 능력 있는 엄마가 되고 싶어요. 우리 엄마는 항상 능력이 있어서 돈을 많이 버셨어요. 저는 엄마한테 지금까지도 받기만 하는 딸이에요. 이제는 엄마한테 용돈도 드리고 싶고, 무엇보다 가게를 잘 운영해 가고 싶죠.

엄마에게 불만은 없었어요?

불만이 있다기보다 너무 열심히 일을 하셔서 안타까웠어요. 개미처럼 일만 하시니까요. 그런데 엄마는 그 일을 좋아하셨고 자부심이 굉장하셨어요. 저도 이제 인정을 해요. 정말 좋은 일이고 괜찮은 일이라고요.

네, 맞아요. 어렸을 때부터 엄마가 이 일이 얼마나 좋은 일인
가에 대해서 저한테 계속 얘기를 하셨어요. 의사는 맨날 아픈
사람, 고통스러워하는 사람 봐야 되는데, 나는 항상 최대로
예뻐 보이게 꾸미고 예쁜 드레스 입고 좋아하는 사람들만 보
니 얼마나 좋은 일이냐고 하시더라고요. 한번은 돈이 없어서
웨딩드레스를 빌리지 못하고 하얀 원피스로 아주 간단히 결
혼식을 하시려는 신부님이 오셨어요. 그분에게는 원피스 값
만 받았지만 엄마는 "그래도 신부잖아~."라고 하시면서 아낌
없이 최대한으로 예쁘게 꾸미고 정성껏 만들어드리셨어요.
손님은 너무 감사해하시면서 예쁘게 식을 올리셨지요. 엄마
가 자랑스럽고 특별하게 느껴졌어요. 옷을 만들어줄 수 있는
게 얼마나 큰 기쁨이 될 수 있는 능력인지 깨달았죠. 제게도
키가 많이 작아서 사는 옷마다 옷값만큼 수선비가 드는 친구
가 있어요. 저도 빨리 일을 배워서 그 친구에게 고치지 않아
도 될 옷을 만들어주고 싶어요.

작은 중창단이나 교회 성가대 같은 데서 맞춤복을 해 가요. 그
러면 옷 잘한다고 소문이 나서 주문이 너무 많이 들어와요. 그
렇게 해서 일주일에 드레스를 100벌씩 만들 때도 있었어요. 코

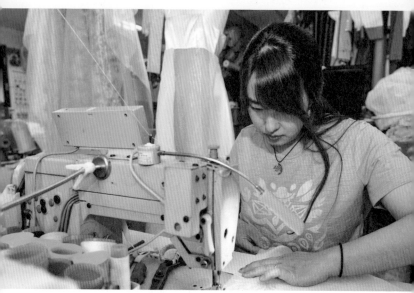
혜진 씨는 옷을 만들어줄 수 있는 게 얼마나 큰 기쁨이 될 수 있는 능력인지 깨달았다.

로나 때문에 무대 행사가 없어지면서 경기가 어려워져서 위기를 겪기는 했죠. 그런데 이제 코로나 이전으로 돌아가는 분위기잖아요. 무대복 주문이 계속 들어와서 다시 바빠졌어요.

어머니가 굉장히 든든하게 여기시겠어요.

네, 되게 좋아하세요. 이 가게를 너무너무 아끼시고 꼭 이렇게 물려주고 싶어 하셨는데, 하나밖에 없는 딸이 자꾸 도망 다니니까 계속 안타까워하셨어요. 시에서도 그렇고 맞춤복 거리에 사람들 관심이 높아졌잖아요. 조명을 받으니까 청년들이 하나둘씩 이리로 오더라고요.

앞에서도 말했지만 20대와 30대 초반에 가게에서 엄마 도와드릴 때는 사장님이나 디자이너 분들이 다 나이가 많으셨죠. 제 나이 또래가 없으니까 너무 재미없었어요. 바느질하면서 듣는 음악도 너무 다르고요. 다들 하는 이야기가 "오늘 반찬 뭐 할 거야?" 이런 얘기만 하시고. 그래서 젊은 사람이 좀 왔으면 했는데, 지금은 젊은 학생들이 오고 하니까 저도 여기 있고 싶더라고요. 청년들이 창업해서 운영하는 가게가 몇 군데 생겨서 숨통이 트여요.


김혜진 씨는 IT 기술이 발달한 시대인 만큼 과학기술을 활용한 맞춤복 제작에 관심을 두고 공부할 생각이라고 덧붙였다. 무엇보다 고객을 젊은 세대로 넓히기 위해서는 옷을 맞추기 위해 오가는 불편함을 덜어내는 방법을 찾아야 한다는 점도 강조했다. 이를 위해 컴퓨터를 활용해 고객의 치수를 온라인상에서 측정하는 기술이 개발되고 있으니, 곧 치수 측정부터 주문, 가봉, 배달까지 전 과정이 온라인에서 가능한 구조가 될 거라고 말했다. 기술이 발전하면 디자인 개발 등을 통해 새로운 아이템을 만들어 판매할 수 있는 가능성은 더 열릴 거란 전망도 했다.

## 패턴 캐드를 배우려고 해요

컴퓨터로 패턴을 뜨면 오차 없이 정밀하게 패턴을 뜰 수가 있잖아요. 게다가 단 한 사람을 위한 패턴을 떠도 컴퓨터에 기록이 쫙 쌓이잖아요. 그 사람에 대한 사이즈 정보도 포함해서요. 유용하게 활용할 수 있죠.

## 새로운 바람이 일으킬 변화

상인들은 대전의 다른 지역처럼 맞춤복 거리가 재개발될까 우려한다. 아파트 단지가 빽빽하게 들어서면 맞춤복 거리에 켜켜이 쌓인 50년 역사는 모두 사라질 것이다. 공동체와 그 속에 묻혀 있던 훈훈한 정도 잊힐 것이다. 특색 있던 골목을 헐고 대신 들어설 회색 콘크리트 아파트와 대로의 모습 어디에서도, 맞춤복을 매개로 주고받던 마음과 독특했던 공동체 문화를 읽어낼 수 없을 것이다. 북촌이나 인사동이 특색 있는 지역이 된 건 옛 유산을 간직한 골목이 있어서다.

최근 건강 문제로 가게를 내놓은 맞춤복 거리 상인에게 점포를 사들여 원룸으로 개조해 월세를 받으려는 건축업자들이 늘고 있다. 원룸촌이 형성될 조짐이 보이는 것이다. 중촌동패션상인협의회에서는 이에 맞서 맞춤복 거리만의 특색을 남겨두려고 부단히 노력한다. 가게 주인이 건물을 내놓으면 원룸으로 바꾸려는 건축업자가 사들이기 전에 자신이 사거나 지인들에게 사라고 권유하기도 한다. 다른 한편으론 젊은 세대가 이곳에서 꿈을 펼칠 수 있게 돕는다. 청년들을 돕는 게 자신들의 몫이라고 생각한다.

어머니를 이어 중촌동 맞춤복 거리에서 새로운 삶을 준비 중인 혜진 씨. 그는 맞춤복 거리의 의미를 누구보다 잘 알기에 미약한 힘이라도 한 걸음 한 걸음 보태어 나가겠다고 밝혔다. 혜진 씨에게 현재 가장 바라는 일이 무엇이냐고 묻자 '함께할 동료'라고 답했다. 그는 "백지장도 맞들면 낫다고 하잖아요."라면서, 같이 길을 만들어 갈 청년 일꾼을 꼭 찾아낼 것이라는 결심도 내비쳤다. 얘기를 나누면서도 재봉질을 하는 그녀의 손길이 바쁘게 움직인다. 늘 변함없이 최선을 다하는 그녀의 등 뒤로 석양이 붉게 물든다.

# 맞춤복 거리에서
# 제2의 삶이 시작됐어요

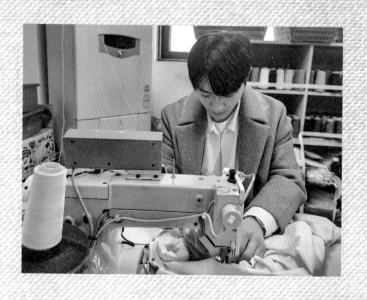

2022 뉴욕국제디자인 초대전

Best Of Best 상을 수상한 청년 배재영 씨

◎

중촌동 맞춤복 거리를 찾은 청년 중 가장 긴 시간을 장인들과 보낸 사람은 한남대학교 패션디자인학과 4학년 배재영 씨(25세)다. 대학 1학년이던 2020년, 교수님 소개로 맞춤복 거리를 알게 됐다는 재영 씨. 그는 "40-50년 동안 일편단심으로 맞춤복 제작을 고집한 장인들과 꼬박 3년을 함께한 덕분에 패션디자이너로 성장할 수 있었다"고 강조했다.

"교수님께서 중촌동에 맞춤복 거리가 있다고 하셨어요. 기성복이 대세인 시대에 맞춤복 거리가 있다는 게 신기하더라고요."

재영 씨는 호기심에 방문했던 맞춤복 거리를 자주 들렀는데, 유심히 그를 지켜보던 샬롬의상실 김옥희 대표가 "옷을 만들어 보고 싶으면 샬롬의상실 2층 작업실을 사용해도 좋다"고 말했다. 어릴 적부터 만들기를 좋아한 재영 씨는 수업이 끝나기 무섭게 중촌동 샬롬의상실로 갔다. 버스정류장에서부터 샬롬의상실이 있는 중촌동 동서대로 1421번길 33 골목까지 늘상 내달렸다.

재영 씨의 보물 1호는 디자인노트다. 형형색색 옷 그림으로 가득 채워진 노트를 늘 가지고 다니는 그가 실제 입을 수 있는 옷을 만들기까지 들인 노고가 무척 크다. 맞춤복은 디자인을 할 줄 안다고 만들어지지 않는다. 몸판과 소매, 바지나 치마를 따로 재단하고 일일이 바느질하는 수고로운 작업을 거쳐야 완성된다. 인내심이 필요한 작업이다. 숙련된 기술이 필요한 만큼 오랜 시간 정성을 들여 노력해야 완성된다. 재영 씨는 어릴 적 조각보를 쥐고 놀던 시절부터, 정교한 손 근육에서 피어나는 창작의 과정이 즐겁다.

패션디자인을 전공해도 실제로 옷을 만드는 과정은 졸업작품을 만들 때가 유일했다. 그만큼 바느질을 배울 기회가 적었던 대학생 재영 씨가 샬롬의상실 2층 작업실에서 수많은 밤을 새우며 바느질을 연마했다. 50년 숙련공 김옥희 대표가 지도해주었다. 중촌동 맞춤복 거리 활성화 방안을 고민하던 김 대표에게 재영 씨는 중촌동 맞춤복 거리의 명맥을 이어받을 귀한 후배로 여겨졌다.

재영 씨는 이곳에서 디자이너로서뿐만 아니라 의상을 판매하고 홍보할 수 있는 사업가로 성장했다. 김옥희 대표가 정보를 알려주고 사람을 소개해준 덕분이었다. 그리하여 사업 계획서를 제출해 선정되고, 지원금을 받아 전시회까지 무사히 마치는 경험을 쌓았다. 그 결과 2022년에 뉴욕국제디자인전에서 Best Of Best 상을 거머쥐는 기염을 토해냈다.

교수님이 중촌동 맞춤복 거리를 소개해주셨다고요?

네, 교수님이 학교 안에서만 수업하질 않으셨어요. 현장학습을 중요하게 여기셨어요. 밖에 나가서 실제로 자기 업종과 관련 있는 사람을 만나서 일을 배워야 한다고 하셨죠. 피부에 와닿게 느껴봐야 실제로 취직을 하거나 창업을 할 때 도움이 많이 된다고요. 중촌동이라는 곳이 있는데 가서 장인 분들하고 협업을 해봐라, 그걸 하나의 수업으로 만들어보자 하고 말씀하셨어요.

저희는 디자인을 전문적으로 배우는 입장이니까 디자인 아이디어가 좋지만 제작은 서툴러요. 중촌동 선생님들은 50년 이상 맞춤복을 제작해 오신 기술 장인이시죠. 그분들은 이 지역을 살리기 위해 젊은이들의 손길이 필요하고, 저희는 기술이 부족하니 서로 보완해보자 그런 의도였죠. 저희가 디자인을 하면 선생님들이 맞춰서 만들어주고 그런 형태의 협업을 생각했어요. 학생들은 협업 과정에서 이런 디자인은 의상으로 구현이 가능하다, 불가능하다 그런 걸 알게 되고, 선생님들도 자신들이 생각하지 못했던 기성복의 디자인을 생각해 볼 수 있는 기회가 되죠. 판매하시는 기존의 맞춤복에다 저희 디자인을 접목시켜서 새로운 디자인을 또 탄생시키기도 했어요. 그걸 패션쇼에서 선보이기도 했고요.

그동안 어떤 작업을 해 오셨어요?

정보문화산업진흥원 산하에 콘텐츠코리아랩이라는 기관이 있어요. 그곳에서 진행하는 사업공모에 당선이 돼서 선생님들하고 작업을 같이했어요. 프로젝트를 하려면 돈이 들잖아요. 공모사업이 있다는 걸 김옥희 대표님이 알려주셔서 계획서를 제출했는데 선정이 된 거죠. (사진들을 보여주면서) 이 옷들을 제가 만들었는데 디자인을 해서 이렇게 전시했어요. 이때부터 본격적으로 옷을 많이 만든 거예요.

바느질까지 다 하신 거예요?

원래 계획상으론 바느질도 다 해야 했어요. 그런데 제가 만들려던 옷이 손이 많이 가는 형태였어요. 구현할 때 어려움이 많았어요. 패턴은 선생님이 짜주셨는데 이런 자잘한 그림들도 다 원단으로 이렇게 붙인 거예요. 확대해서 보시면 하나하나가 패치거든요.

　그래서 같이 만들게 됐죠. 학교에서는 디자인하는 것만 배

우지 바느질하는 거 배우긴 해도 아무래도 기본적인 것만 배워요. 요즘은 회사에 들어가도 업무 분할이 세분화돼 있거든요. 패턴실은 패턴실대로, 제작실은 제작실대로, 디자인실은 디자인실대로 따로따로 있어서, 학교에서는 제작보다 디자인이나 제품 판매 아니면 마케팅 관련된 쪽으로 많이 가르쳐요. 커리큘럼이 제작보다는 디자인에 치중해 제작까지는 하지 않아도 된다고 생각하는 추세예요. 제작으로 가고 싶다면 차라리 학원에 가서 시간을 오래 들여 제작만 하는 게 더 유리할 수

재영 씨가 처음 만들어 전시한 의상 작품들

있어요. 학원에 가서 자격증을 따는 게 더 메리트가 있죠.

위 의상들은 맨 처음에 만든 거지요?

네, 처음 만든 옷이에요. 한 벌씩 따로 입는 의복이었는데, 제가 디자인만 하고 (제작에) 관여를 못 했어요. 디자인은 할 줄 아는데 제작에 대해서는 아는 게 없더라고요. 어떤 게 잘된 거고 어떤 게 잘못된 건지도 몰라서, 장인 분들이 일방적

으로 만들어주신 게 컸어요. 아는 만큼 보인다고, 학교를 다니면서 재단을 좀 알게 되니까 이 정도 옷은 만들 수 있겠다 생각하게 됐어요. 그래서 본격적으로 옷을 많이 만들었죠.

3년 동안 맞춤복 거리에서 뭘 하셨어요?
1학년 때 교수님 수업이 종강되니까 중촌동 장인 분들과의 프로젝트가 진행되지 않았어요. 수업이 없으니까요. 학생들도 더 이상 중촌동 맞춤복 거리를 찾지 않았고요. 하지만 저는 꾸준히 장인 분들과 교류했어요. 만드는 걸 워낙 좋아했기 때문에 옷을 만들 수 있는 맞춤복 거리가 좋았습니다. 마침 집이 중촌동이에요. 가까우니 더 자주 들렀어요. 이 모습을 유심히 보던 샬롬의상실 김옥희 대표님이 제작실을 아예 오픈하시고 언제든 와서 작업하라 해주신 거죠.

샬롬의상실 김옥희 대표님과 어떻게 인연을 맺게 되셨나요?

맨 처음 학교 수업 때문에 제가 선생님들하고 마주했을 때 이분들은 강사님이고 저희는 배우는 입장이었어요. 도제교육인데, 이 프로젝트를 진행하기 위해 MOU를 맺었어요. 당시 중촌동패션상인협의회 회장님이 김옥희 대표님이셨고, 저는 패션디자인을 전공하는 학생들이 만든 학회 학회장이었는데, 김옥희 회장님과 학회 임원들이 모여 회의하는 일이 많았어요. 뵐 일이 많아서 유독 친해졌죠. 또 아무래도 대표자를 통해 학생들에게 도움이 되는 정보를 얻게 되잖아요. 그래서 제가 학생들을 대표해서 회장님께 여쭤볼 일이 많았고 자연스럽게 친해졌지요. 김옥희 회장님이 꼰대스러운 데가 하나도 없으셔서 거리낌 없이 대할 수 있도록 편하게 해주셨어요. 젊은 사람들한테 요즘 흐름이나 청년다움을 배우려고 하시는 분이에요. 새로운 걸 알려는 자세가 있으신 분이예요. 그래서 애초에 트러블 자체가 없었어요. 제가 뭘 하고 싶다 하면 다 받아주시고, 그대로 구현해 주시려고 하고 그러셨거든요.

2층 작업실을 마음대로 쓰라고 하신 건 쉽지 않은 결정 같아요.
네. 사실상 회장님이랑 회장님 지인 분들이 오셔서 거리낌 없이 노시던 공간이었거든요. 그래서 제가 여기서 정말 작업해도 되냐고 한 번 더 여쭤봤는데, 아무 때나 와서 만들고 모르는 거 있으면 물어보라고 하셨어요. 그래서 진짜 집 왔다 갔다 하듯이 선생님 안 계셔도 와서 작업하고 가고 그런 게 일상이 됐어요.

그럼 열쇠를 아예 하나 주신 거예요?
비밀번호를 공유해주셨어요. 자주 왔다 갔다 하는 사람들한테는 공유를 해주시는 것 같아요.

중촌동 맞춤복 거리에 처음 오셨을 때 어떤 인상을 받으셨어요?
비교적 중촌동을 잘 알고 있었는데, 맞춤복 거리라는 게 있는지는 몰랐어요. 교수님이 알려주셔서 알았죠.

첫인상은 매장들이 다 곳곳에 숨어 있어서 이게 어떤 특성화된 거리라고는 못 느꼈어요. 몰랐던 공간이어서 처음엔 생소했죠. 그런데 막상 와서 상인 분들과 이야기를 나눠보니까 나이에 비해서 생각이 대체로 열려 있으시고, 새로운 걸 하려고 하시는 노력, 열정 그런 게 많이 와닿았어요. 긍정적으로 여겨졌어요.

가장 인상적이었던 에피소드가 있나요? ·

제가 학생이잖아요. 외부에서 어떤 프로젝트를 한다, 공모전을 한다 해도 그런 경험이 적다 보니까 여기서 하는 일 모두가 신기했어요. 추진력 있는 학생들 같은 경우 '우리 어떤 공모전을 나가보자.' 하고 모여서 계획을 짜서 하기긴 하죠. 그런데 여기 계신 선생님들은 나이가 많은데도 불구하고 그런 열정이 넘치고, 회장님을 필두로 항상 그렇게 꾸준히 뭔가 하시는 게 대단하다 싶었어요. 매년 패션쇼를 하든 어떤 프로젝트를 하든 여러 사업을 해나가는 거 보고 많이 배웠습니다. 함께하는 시너지가 대단한 분들이에요. 그런 흐름 자체가 저에게 되게 인상 깊었어요.

많이 배우셨겠어요.

맞아요. 여기 와서 '패션을 배운다'를 넘어서 사회적 흐름을 배우게 된 거 같아요. 예를 들면 협동조합이 뭐고 어떻게 돌아가는지 그런 것들요. 물론 원단의 종류처럼 기술적인 지식도 많이 배웠죠.

패션디자인학과를 다녀도 원단의 종류라든지 실제로 원단을 좀 만져본다든지 원단으로 뭘 해본다든지 그런 경험들이 그렇게 많지는 않나 보네요.

네, 그렇죠. 학교에서는 이론적인 걸 많이 배워요. 이렇게 디자인하면 이게 완성된다, 그런 거예요. 머리로만 이해하고 직접 하는 경우는 별로 없어요. 예를 들어서 셔츠를 하나 만든다고 하더라도, 자기가 생각하는 셔츠를 만들려면 기본적인 거를 알고 나서 응용해서 만들어야 되거든요. 그런데 응용하는 단계까지 가는 데 4년, 시간이 짧아서 제작은 기본적인 것만 배우고, 보통 회사에 들어가서 본격적으로 실무를 배우기 시작하죠.

회사를 운영하는 사람들 입장에서 대학을 졸업해도 다시 교육을 시켜야 한다는 말이네요. 오래전부터 그런 지적이 있었잖아요.

네, 아직도 그런 것 같아요. 여길 와보니까 알겠어요. 학교에서 배우는 거에서 딱 끝나는 게 아니라, 저는 과제하듯 여기 와서 시간을 보내니까 회장님이 뭐 하나라도 더 알려주려고 하시거든요. 자연스럽게 기술이 조금씩 늘어요.

옷 한 벌 만드는 데 얼마나 시간이 걸려요?

디자인이 광범위하잖아요. 학교 4년 다니고 졸업하고 본격적으로 옷을 한번 만들어 봐야겠다 싶었어요. 남자 슈트 같은 거 만들려면요, 넥타이, 재킷, 셔츠, 슬랙스 이렇게 아이템 네 가지를 만들어야 하거든요. 제가 봤을 때 잘 만들어도 2-3달은 걸릴 거 같아요. 하루에 5-6시간씩 해도 그래요.

생각보다 오래 걸리네요?

네, 맞습니다. 생각보다 너무 오랜 시간이 걸려서 학교 안 다니고 차라리 잘 알려주시는 선생님 밑에서 배우고 그렇게 맞춤복 매장을 차리는 게 더 이득일 정도예요. 처음부터 시작하면 노하우를 얻기 너무 힘들어요. 여기서는 그런 걸 다 배울 수 있으니까 가능하죠.

패션디자인학과생 대부분이 졸업작품 하나 만드는 거, 그게 옷 만드는 유일한 경험일 수 있어요. 거기서 질려서 "나 더 이상 옷 안 만들래!" 하는 친구도 있고요. 바느질하고 이런 작업 자체가 상당한 인내심이 필요해요. 컴퓨터로 스케치하고서 나머지 90%는 다 손으로 일일이 해야 하는 작업이라 시간이 많이 걸려요. 거기에 질려서 못 하겠다고 하는 사람 많아요. 자기는 처음부터 옷을 만들고 싶어서 패션디자인학과까지 왔는데, 취직할 때 판매직이나 마케팅으로 가는 경우도 많아요. 어떻게 보면 진짜 옷 만드는 기술적인 거에 꽂혀서 그 길만 파는 친구는 드물어요.

패션 회사도 다른 회사랑 다를 거 없어요. 디자인과를 나왔다고 특별한 것도 아니에요. 물류 회사나 마케팅 회사랑 똑같이 수익 구조가 옷에서 나오는 것뿐이지 부서는 다 똑같잖아요.

어릴 때부터 만드는 걸 좋아했다면서요?

네, 맞습니다. 기질이 그랬던 거 같아요. 도화지에다가 뭘 그려도 그걸로 됐다고 생각을 안 했어요. 도화지에다가 공룡을 그려도 공룡을 튀어나오게 그리고 싶다는 맘이 있었어요. 패션디자인은 스케치북에 재봉틀을 가지고 실제 3D로 만들 수가 있잖아요. 거기서 만족감을 느낀 것 같아요.

상도 받으셨다고 들었어요.

올해 디자인학과 친구들 여럿이 뉴욕국제디자인 초대전에 작품이 뽑혀서 전시됐어요. 직접 옷을 만든 건 아니고, 디자인을 이렇게 하겠다 하는 구현 방식을 패널로 보여준 거예요. 그렇게 구성된 작품을 보냈는데 도움을 주신 분들이 많아서 뉴욕에서 전시할 수 있었고 상도 받았어요.

아무래도 주변에 디자인하는 친구들이 많은데 분야가 다 달라요. 저는 패션디자인이지만 어떤 친구는 시각디자인이고 또 다른 친구는 산업디자인이고요. 친구들 전공 분야가 다양하다 보니 생각의 폭이 넓어지죠. 작업을 함께하려면 친구들과 소통을 계속하게 되잖아요. 패션디자인에만 빠져 있는 게 아니라 다양한 분야에서도 많이 활동을 하게 되더라고요. 그 덕분에 작품을 전시할 수 있었고 큰 상을 받게 된 듯해요.

공무원 등 여러 기관 관계자들과 소통해야 했는데 회장님이 정보도 많이 주시고 사람도 소개해주셔서 큰 도움이 됐어요. 맞춤복 거리에서 보고 들은 게 도움이 됐죠.

디자인은 컴퓨터로 하세요?

네. 그림으로 제작을 하기 전의 단계를 표현해야 하고, 글로 생각을 정리하기도 해야 하잖아요. 종이를 쓰면 퀄리티가 높긴 한데 들고 다니기 힘들어서요. 재료가 부피가 크면 힘들잖아요. 그래서 퀄리티가 좀 떨어지더라도 아이패드로 많이 그려요. 이렇게 이미지화한 거를 컴퓨터로 옮겨서 편집해서 파일을 만들어 제출하죠.

작업하는 데 얼마나 걸리셨어요?

한 학기 동안 한 거 같아요. 컬렉션을 개발하는 수업이 있었는데, 프로젝트 끝난 다음에 어디 써먹을 데가 없을까 찾았어요. 열심히 찾은 덕분에 뉴욕에서 전시를 하고 큰 상까지 받아서 이후 작업을 하는 데 힘을 얻었어요.

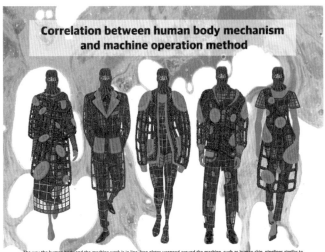

# Correlation between human body mechanism and machine operation method

The way the human body and the machine work is in line. Iron plates wrapped around the machine, such as human skin, pipelines similar to blood vessels and nervous systems, and cogwheels that operate like joints were applied to fashion design. The color scheme is inspired by the rusty color of the machine, the color of the oil residue in the pipe, the network tissue inside the body, and the color of cells such as red blood cells. Overall, it was selected as a red, dark, and dark color. The material used thick ropes, knitted fabrics of various thicknesses, and thick sides to represent the intertwining of human body and machine components. The heavy knitted outerwear is represented on thin pipe line-like lines, which represent uneven, huge silhouettes such as the human body's robust muscles, the factory's huge machinery, and the intricate engine's. In this way, a large complex sculpture was completed.

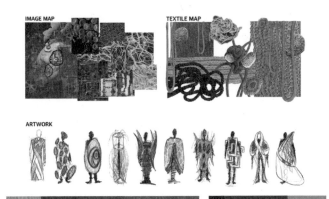

IMAGE MAP

TEXTILE MAP

ARTWORK

디자인학과 친구들과 함께 준비한 디자인으로 뉴욕국제디자인 초대전에 뽑혀서 전시된 작품.
맞춤복 거리 장인들의 도움으로 작품을 구상할 수 있었고 뉴욕에서 전시해 상도 받았다.

바느질해서 실제로 만들 수 있을까요?

네. 사실은 이게 제작하는 과정 중에 구현이 가능한지 불가능한지도 판단을 해요. 어떤 원단을 어떤 식으로 쓸까, 밧줄같이 생긴 굵은 거는 어떤 걸 쓸까, 주변에 붙어 있는 요소들은 뭘 쓸까, 그런 것도 다 생각하기 때문에 실제로 만들 때 이거랑 완전 똑같지는 않더라도 거의 90%는 구현이 가능하다고 생각해요.

샬롬의상실 작업실에서 몇 시간씩 작업하셨어요?

사실 뭐 스케줄을 정해놓고 여기 온 건 아니라서 몇 시간씩 했는지는 정확히 모르겠어요. 어떤 달은 학교 끝나고 매일 밤 5-6시간씩 작업하기도 하고, 방학 땐 그냥 아침부터 저녁까지 쭉 있기도 했어요. 아무래도 하고 싶은 걸 하다 보니까 시간이 너무 빨리 가서 하루에 몇 시간을 있었는지 잘 모르겠더라고요.

그 시간 동안 얻은 게 많을 것 같아요.

네, 맞습니다. 기술 연마도 기술 연마이지만 프로젝트를 할 때 제가 잘 모르거나 두리뭉실하게 아는 것들이 있어서, 제가 대표님께 "이런 분 계신가요?" 하고 여쭤보면 그 자리에서 바로 통화 연결해 주셨어요.

제가 중촌동 맞춤복 거리를 오기 전까지는 사업에 대한 생각이 아예 없었어요. 그런데 여기 오고 나서 국가에서 지원을 받아서 그 지원금으로 마을 기업을 활성화하는 일에 매력을 느끼게 됐어요. 제가 생각했던 아이디어를 현실화시키려면 돈이 드는데, 나라에서 이 아이디어를 인정을 해주고 자기들이 지원을 해줄 테니까 실제로 구현을 해서 결과물을 만들어 보라고 기회를 주는 거잖아요. 매력적이죠. 협동조합을 만들면 어떤 분야에 참여가 가능할까 궁금했는데, 실제로 중촌동 패션상인협의회가 패션플랫폼을 운영하기 위해 협동조합을 만드셨거든요. 국가에서 지원받을 수 있는 사업을 구현해 가시는 걸 옆에서 많이 봤어요. 저도 관심이 많이 생겼는데, 궁금한 점을 여쭙고 도움받을 수 있게 선생님 한 분을 소개해 주셨어요. 서류가 뭐가 필요한지, 그걸 하기 위한 조건이 뭔지, 만들기 위해서 얼마가 드는지, 내가 하고 싶은 분야가 어떤 건데 그 분야를 활성화시키기 위해서는 어디서 하는 게 유용한지, 어떤 인적 자원을 써야 돈을 아낄 수 있는지, 실제로 운영해보지 않으면 알 수 없는 그런 팁들을 많이 알려주셨어요. 친구들하고도 조합을 만들어 보자, 분야가 서로 다르니 싸울 일도 없고, 서로 다른 시각으로 다른 작업물을 만들어 보자고 했어요. 해석이 다르니 여러 가지가 나올 수 있겠다 생각했죠.

실제로 해보셨어요?

협동조합을 만들어 본격적으로 하진 않았어요. 아직 졸업을 안 했으니까요. 하지만 여러 가지 시도를 해보았죠. 지원금이 너무 적어서 여러 사람이 아이디어를 모았죠.

30만 원 지원받아서 한 사업도 있어요. 흰색 마네킹 팔 없는 애들 있잖아요. 옷 입히는 용도로 만드는 건데, 도화지로 형체를 만들어 가지고 편집하기도 했죠. 저 포함해서 시각디자인, 커뮤니케이션디자인, 패션디자인 3명이 팀으로 협업했어요.

팀 이름이 뭐예요?

'99+1'이에요. 저희가 99년생들이라서 '99%에서 1%만 더하면 완벽해질 수 있다.' 이런 의미를 갖고 지었어요. 입시 미술학원에서 만난 친구들인데, 분야는 달라도 전시를 하든 실제로 판매할 제품 샘플 제작을 하든 지속적으로 협업해보자, 각자 취업을 하든 개인 사업을 하든 뭘 하든 간에, 돈을 떠나서 프로젝트를 많이 해보자는 취지예요. 매년 한 번씩은 무조건 전시를 해보자 해서 꾸리게 됐어요.

제대로 하려면 디자이너를 더 고용해서 규모를 키울 수도 있지만 저희끼리 좋아서 하는 거라서요. 협동조합이나 단체를 만드는 건 앞으로 고민해볼 생각이에요.

네, 맞습니다. 저는 '나는 무조건 성공한다.'라는 신념이 있어요. 그전에는 막연하게 그냥 하고 싶은 거 하면서 성공할 거란 생각이었어요. 그런데 지금은 달라요. 하고 싶은 걸 하는게 충족이 되니까 좀 여유도 생기고 다른 쪽으로 시선이 가요. 전에는 막연하게 '인생을 재미있게 살았으면 좋겠다'였다면, 지금은 관심 있는 분야가 너무 많아져서, 중촌동 맞춤복 거리랄지 제가 교류하는 친구들과의 인프라를 통해 사업체를 만들어서 돈을 많이 벌고 싶어졌어요. 미래가 한층 구체화되고 포부가 커진 거 같아요.

군대 갔다 오기 전에는 저도 그냥 여기가 편하고 여기서 해도 될 것 같은 마음이 있어서 대전에 쭉 있고 싶었어요. 그런데 군대를 다녀오니까, 대한민국은 서울공화국이라서 디자인도 그렇고 다 그쪽에 몰려 있잖아요. 가지 않으면 도태된다는게 너무 당연시되는 사회가 되어버려서, 졸업하면 저도 서울로 올라가 경험을 쌓을 것 같아요. 하지만 99+1 팀과 중촌동에서 만났던 사람들과의 인연을 이어가야죠. 대전에서 제가배운 걸 나누며 살고 싶어요.

　저는 취업이 내 길이라고 생각은 안 해요. 창업해야죠. 창업을 하려면 선배들의 경험을 배워야 하니 서울에서 쌓고 올 필요가 있겠죠. 다 배웠다 생각하면 내려와서 대전에서 기업체를 일굴 거예요.

패션디자인 영역 중에 공간 연출이라는 게 있어요. 옷을 팔더라도 매장의 옷을 그냥 놓으면 매력적으로 보이지 않는데, 그 옷의 콘셉트와 맞게 배경을 꾸미면 한 번이라도 눈길을 더 많이 끈단 말이죠. 그렇게 공간을 꾸미는 걸 VMD(비주얼 머천다이징)이라고 하는데 그쪽에 관심을 갖게 됐어요. 패션에서 대상은 5할이고 공간 연출이 더 크게 작용하더라고요. 갤러리나 박물관에서도 유적이나 미술품에 대한 공간 연출을 하잖아요.

공간 연출을 잘하는 회사가 있어요. 예를 들면 젠틀몬스터 같은 데요. 디자이너에게 복지도 잘해주는 회사죠. 제품보다는 문화를 파는 느낌이 강한 회사예요. 그런 회사에 가서 배우고 싶어요. 어떻게 제품을 더 매력적으로 보이게 하는지, 공간 연출을 잘하는 패션 회사에 들어가서 디테일하게 배우고 싶어요.

어떤 회사에 들어가고 싶나요?

젠틀몬스터랑 아더에러라고 20대들이 알 만한 브랜드가 있어요. 옷을 그냥 판다기보다 옷에 들어가는 콘셉트를 살리는 공간 연출을 하는 데 신경을 많이 쓰는 회사예요. 예를 들어 바다 콘셉트이면, 다른 브랜드는 바다 콘셉트로 디자인된 옷을 그냥 걸어놓는 걸로 끝나는데, 그 회사는 공간 자체를 바다로 꾸며놔요. '바다' 하면 떠오르는 시각자료나 조개, 물고기 같은 오브제도 설치하고요. 자기네들이 어떤 의도로 이번 컬렉션을 꾸렸다는 걸 명확하게 보여주기 위해서 옷을 판매하는 거고, 사람들은 그 안에서 문화를 경험하죠. 컬렉션 의도에 맞는 체험을 통해 브랜드에 대한 인식이 강하게 남아요. 그런 접근이 되게 좋다고 생각해요. 한 제품을 팔더라도 극단적으로 연출을 강하게 하는 방법에 대해 알고 싶어요.

그런 생각을 하기까지 맞춤복 거리에서 얻은 도움이 컸겠네요.
그렇지요. 이분들이 사업하시는 거 보면서 시야가 많이 넓어졌어요.

맞춤복 거리는 나에게 ○○이다?
아무래도 제가 여기를 많이 왔다 갔다 하다 보니까 처음에는 학교라고 생각을 했어요. 그런데 나중에는 집처럼 너무 편한 공간이 되어버렸어요. 가끔씩 회장님께 말씀 안 드리고 2층 작업실에 올라가 있으면, 회장님이 사람이 있을 때가 아닌데 소리가 나서 깜짝 놀라 3층 자택에서 내려오실 때가 있어요.

그렇게 언제든지 갈 수 있는 곳이어서 이제는 집처럼 편한 곳이 되어버렸죠. 그냥 집이 두 개가 생긴 느낌이에요. 제2의 집이에요.

*여러 가지로 감사하겠어요.*

아무래도 다른 친구들보다 더 많이 알게 됐죠. '부자가 되고 싶으면 부자가 많은 동네에 가라'는 말이 있잖아요. 주변에 옷 만드는 사람밖에 없다 보니 저도 자연스럽게 이 길로 계속 간 듯해요. 그러다 보니 더 좋아졌어요.

저는 항상 제 이름이 기억에 남았으면 좋겠다는 생각이 있어서, 후배를 양성하고 싶은 마음도 당연히 있어요. 저랑 비슷한 사람들을 많이 만들어서 일을 더 크게 벌리고 싶어요.

지난 2월 인터뷰를 한 재영 씨의 안부가 궁금해 7월 말에 전화를 걸었다. 대학생이었던 재영 씨는 대전의 문화시설 테미오래에서 국가 근로를 하고 있었다. 국가 근로는 대학생들에게 장학금을 주듯 대학 재학 중인 청년 문화인들에게 정부가 월급을 주며 일하는 기회를 제공하는 제도다. 재영 씨가 그동안 대전 지역에서 열심히 활동한 덕에 기회를 거머쥐었다. 9월부터는 휴학하고 친구와 주류 회사를 창업할 예정이라고 한다.

그가 하게 될 일은 제품디자인 비주얼 디렉터다. 그의 친구가 술을 만들고 재영 씨는 술을 담은 병을 만든다. 동시에 판매와 홍보도 맡는다. 99+1 팀과 프로젝트는 친구들이 바빠서 잠시 뒤로 미루었지만 해체한 건 아니라고 말했다. 언제든지 다시 마음을 합쳐 일할 수 있다고 가능성을 열어두었다.

중촌동 맞춤복 거리에서 창업할 생각은 없느냐는 질문에 그는 "좀 더 경험을 쌓은 다음에 고민할 것"이라고 답했다. 그는 1년간 친구의 창업을 도운 뒤 복학해 학교를 졸업할 계획이다.

그는 어떤 사람이 될까? 그동안 재영 씨가 살아온 인생이 화살표가 되어 가리킨다. 계속 노력하는 사람으로 살아갈 것이라고. 요즘 자신의 꿈에 한 발짝씩 다가가고 있어 행복하다는 재영가 펼쳐갈 미래가 기대되는 이유다.

# 맞춤복 거리의
# 청년 1호

## 바르지음 김희은 대표

◎

김희은 대표는 중촌동 맞춤복 거리에 둥지를 튼 첫 청년 대표다. 샬롬의상실 김혜진 실장보다 3년 먼저인 2020년 입성했다. 혜진 씨가 어머니 김옥희 대표 영향으로 중촌동 맞춤복 거리에 관심을 가지게 됐듯이, 희은 씨도 중촌동에 사업체를 꾸리고 발전시켜 나갈 때 이현주 현 바르지음 본부장의 도움을 받았다.

그는 대학 졸업작품 패션쇼에서 학과장님의 소개로 이현주 본부장을 처음 만났다. 이현주 본부장은 대전 지역에서 디자이너를 키워온 교육자다. 희은 씨는 이현주 본부장과 창업을 상의하였다. 아이디어는 있으나 기술이 부족했던 희은 씨에게 이현주 본부장은 자신이 수십 년간 연마한 기술을 알려주었다. '바르게 짓다'라는 뜻을 지닌 바르지음은, 원래 맞춤복 거리 공동 플랫폼으로 개발됐다. 플랫폼을 만들어 하나의 브랜드로 중촌동 맞춤복 거리를 알리자는 의도였다.

하지만 순조롭지 않았다. 가게 이름을 걸고 수십 년 일해 온 상인들은 공동 브랜드나 공동 플랫폼 개념을 잘 이해하지 못했다. 그럼 우리 가게는 없어지는 거냐고 불안해했다. 난관 에 부딪혀 한발 뒤로 물러난 그는 사회적 기업가 육성사업의 지원금을 받아 2020년 자신의 가게를 창업했다. 이현주 본 부장이 창업 공간을 무료로 빌려주었다. 그는 자신의 가게를 '바르지음'이라 이름 붙였다. 희은 씨가 법인을 만들면서 중 촌동 맞춤복 거리에는 최초의 청년 창업자가 탄생했다. 그의 나이 24살 때 일이다.

그의 도전은 화제가 됐다. 그도 그럴 것이 2000년대에 들 어 경기 불황으로 어려움을 겪던 서울 성수동 수제화 거리에 새로운 바람이 불고 있었다. 청년들이 수제화 거리 명맥 잇기 에 나서면서 분위기가 달라지고 있었다. 청년들의 트렌디한 패션 감각과 장인들의 손재주가 결합해 성수동 수제화 거리 가 제2의 전성기를 맞는 부활의 디딤돌이 된 것이다. 중촌동 맞춤복 거리에도 이런 변화가 이뤄질지 관심이 쏠리기 시작 했다.

희은 씨는 어떻게 의류 브랜드 창업을 하게 됐나요?
어린 시절부터 만드는 걸 좋아했어요. 아빠가 이것저것 잘 만 드시는 분이어서, 밖에 바람이 분다 그러면 막아주는 가벽을

회은 씨가 법인을 만들면서 중촌동 맞춤복 거리에는 최초의 청년 창업자가 탄생했다.

직접 나무로 만드셨어요. 그걸 집에서 다 하셨죠. 전 아빠를 옆에서 지켜보는 게 재미있었어요. 그러다 보니 만드는 것도 좋아하게 됐죠.

그러나 여느 청년처럼 대학 진로는 성적순으로 했다. 성적에 맞춰 관심도 없는 원예학과를 다녔다. 나름 4년 동안 학과 생활을 열심히 했지만, 내 손으로 직접 무언가를 만들어 보고 싶은 꿈을 놓지 않았다. 그는 그림 그리는 걸 좋아해 늘 자신만의 아이디어를 그림으로 표현하곤 했다. 우연한 기회에 그가 그린 그림을 접한 대전과학기술대학교 교수님이 패션슈즈디자인학과에 진학할 것을 권했다. 재능을 인정받았다고 생각하니 망설일 이유가 없었다.

**중촌동과의 만남**

고대하던 패션을 공부해보니 욕심이 났다. 하루빨리 직접 옷을 만들고 싶은 욕구에 창업에 관심을 두게 됐다. 문제는 아이템이었다. 창업을 성공적으로 이뤄내고 싶었다. 적합한 사업 아이템이 무엇일까 고민했다. 졸업이 눈앞에 와 있었다.

"대전 지역 패션학과 전공생들이 졸업을 앞둘 때쯤에 함께 모여서 매년 졸업 패션쇼인 DFC를 해요. 저도 참석을 했는데 목동, 중촌동 맞춤복 거리 장인들이 참석하셨어요. 알고 보니 매년 도움을 주셨다고 하더라고요. 거기서 중촌동에 맞춤복 거리가 있고 수십 년 일한 장인 분들이 있다는 걸 알게 됐어요."

창업에 대해 고민하던 김 대표는 뭔가 배울 수 있지 않을까 싶어 패션쇼에서 만난 이현주 씨를 찾아갔다. 그와의 인연은 바르지음 탄생으로 이어졌다.

"중촌동 맞춤복 거리 장인 분들이 30-50년 이상 의류 제작에만 몰두하신 분들이잖아요. '아, 여기에 엄청난 잠재력이 숨어 있구나.' 금방 알아챘죠."

하지만 아쉬움도 컸다. 수십 명에 달하는 장인들이 50년 이상 중촌동 맞춤복 거리를 지키고 있지만, 시민 대다수가 이곳을 모른다. 맞춤복 세대인 60-70대 노인들만 이곳을 기억하고 있다. 전국에서도 손꼽히는 실력을 갖춰 문화적 잠재성이 충분한 중촌동 맞춤복 거리가 시민들의 무관심 속에 쓸쓸히 명맥을 유지하고 있는 것이다.

"서울 창신동 지역이 의류 제작으로 유명하잖아요. 하지만 중촌동과는 결이 달라요. 창신동에는 정장이나 한복 등 수많은 의상 중 한 가지만 선택해 제작하는 의류 공장이 밀집해 있어요. 반면에 중촌동 맞춤복 거리에는 한 의상실에서 각양각색의 의류를 제작할 수 있는, 이른바 원스톱 기술을 갖춘 명인들이 모여 있어요. 의류 제작할 때 의상의 종류마다 패

희은 씨는 중촌동 맞춤복 거리에 엄청난 잠재력이 있다는 걸 금방 알아차릴 수 있었다.

턴, 재단, 재봉 등 여러 분야의 기술이 요구되잖아요. 중촌동
은 한 사람이 그 모든 기술을 고루 갖추고 있는 고급 인력이
포진해 있는 곳이에요."

　이렇게 문화적 가치가 풍부한 곳임에도 불구하고 중촌동
맞춤복 거리는 낮은 인지도 탓에 청년 유입이 끊겨 명맥이 끊
길 위기에 처해 있다. 청년 패션디자이너의 발걸음이 끊기고
고령으로 퇴직하는 장인들이 늘어나며 100여 개가 넘던 의
상실은 어느덧 40여 개로 줄었다.

"장인들의 고급 기술이 단지 알려지지 않았다는 이유만으로 퇴색해 가는 게 안타까웠습니다. 목동, 중촌동 맞춤복 거리가 널리 알려져 활성화되고 청년 유입이 이뤄져야 한다는 생각이 들었죠."

중촌동에 둥지를 튼 희은 씨는 누구나 쉽게, 더 많은 사람이 맞춤복의 혜택을 누릴 수 있도록 온·오프라인에서 다양한 판로를 개척하며 의상을 판매하고 있다. 더불어 희은 씨가 꿈꿔왔던 중촌동 장인과 청년의 협업을 실현하기 위해 다양한 행사를 기획하고 여러 행사에 참가하고 있다.

"재작년 5월 '문화가 있는 날' 패션쇼를 시작으로, 포토데이나 중촌 문화제 등의 행사를 기획했어요. 중촌동 패션상인 협의회와 함께 창작 콘테스트를 열고 중촌동 장인 분들과 패션 전공 대학생들을 매칭해 본인만의 의상을 만들 수 있게끔 도와줬고요."

청년들과 장인들이 함께 노력을 기울이며 중촌동 맞춤복 거리에 조금씩 활력이 돌고 있다. 중촌동 맞춤복 거리를 알아보는 패션 전공 학생들도 점차 늘고 있다. 트렌디한 디자인 감각을 지니고 있지만 기술력이 부족한 청년들과, 뛰어난 기술을 갖추고 있지만 정보력에는 취약한 장인들과의 협업이 이뤄진다면 중촌동 맞춤복 거리가 다시 살아나 전성기를 맞이할 수 있을 것이라는 게 희은 씨의 생각이다.

## 패션 놀이터를 꿈꾸며… 맞춤복은 중촌동에서!

"패션 놀이터를 만들고 싶어요. 저희가 만든 의상을 입고 파티할 수 있는 거리를 만드는 거예요. 사진 찍을 수 있는 공간도 만들고요. 여기가 너무 재미없고 나이 드신 분들만 있는 곳이란 인식이 강해서, 그런 걸 좀 깨뜨리면서 새롭게 개발할 필요를 느껴요."

패션으로 체험할 거리를 만들어주는 문화 공간처럼 중촌동이 다양한 문화적인 요소를 갖추면 사람들의 발걸음도 잦고 기술의 명맥도 오랜 기간 이어가는 맞춤복 거리로 자리를 잡지 않겠느냐며 그는 홍보부터 신경 쓰겠다 강조했다.

최근 희은 씨는 자신이 디자인한 드레스를 공개했다. 중촌동 맞춤복 거리 장인들의 기술과 청년들의 디자인 감각이 결합되면 '맞춤복은 중촌동'이란 얘기를 들을 날이 오지 않겠느냐는 희은 씨. 그 꿈이 패션 놀이터로 어떻게 발현될까? 아직 갈 길이 멀다는 희은 씨의 얼굴이 기대감으로 가득 찬다.

중촌동 맞춤복 거리는 누구보다도 청년들에게 열려 있다. 이현주 본부장이 희은 씨에게 자신이 쓰던 공간을 내주고 옷 만드는 기술을 가르쳐주었듯이, 장인들은 자신들의 수십 년 역사가 살아 숨 쉬는 동서대로 1421번길 골목길 문화를 청년들이 계승해 발전시켜 나가길 바란다. 하지만 현재 중촌동 맞춤복 거리에서 가게를 연 20-30대 청년은 희은 씨뿐이다. 함

희은 씨는 패션 놀이터, 맞춤복 거리에서 만든 의상을 입고 파티할 수 있는 문화를 꿈꾼다.

께할 청년이 더 많아지면 시너지 효과가 일어날 것이다.

　2023년 7월 17일 경향신문이 보도한 「버려진 옷들, 환경 오염 재앙이 되다」라는 기사가 눈길을 끌었다. 다시입다연구소 정주연 대표가 서울 여의도 국회의원회관 3층 로비에서 연 「옷, 재앙이 되다」 전시회를 소개한 기사다. 정 대표를 인터뷰한 이진주 기자는 패스트 패션 시대에 쏟아져 나온 옷들이 환경오염을 가중시키는 것을 경고하는 행사라고 보도했다. 프랑스에서는 망가진 옷이나 신발을 버리지 않고 수선하

희은 씨가 한복을 재해석해 어깨를 과감히 드러내도록 디자인한 하늘빛 드레스.

면 정부가 수선비 일부를 보조해준다. 기후 위기 대책을 위해 새로 내놓은 정책이다.

중촌동 맞춤복 거리를 살리는 일은 옷을 쉽게 사고 쉽게 버리는 문화에 경각심을 줄 수 있다. 맞춤복과 관련한 청년 일자리를 만들고 환경도 살리는 문화를 만드는 일석이조의 효과를 볼 수 있는 일이다. 희은 씨는 이런 일에 자신의 미래를 걸고 있다.

희망을 놓지 않는다면 밝은 미래가 반드시 온다는 것을 믿기에, 희은 씨는 아침이면 어김없이 가게 문을 열고 오늘도 맞춤복 거리를 지킨다.

# 여기 맞춤복 거리에서
# 태어난 토박이예요

## 현대교복 이정수 공동대표

◎

맞춤복 거리 인터뷰를 마무리했을 때, 대부분 개별 맞춤점으로 이루어진 이 거리에 유일하게 단체복 맞춤집이 있다고 해서 서둘러 다시 찾았다. 1985년 '현대양복'이란 이름으로 문을 연 '현대교복'이 그곳이다. 맞춤복 거리의 가게들이 골목 안에 모여있다면 현대교복은 동네 입구 대로변에 떨어져 있다.

현대교복 주인인 이정수 장인의 첫인상은 이 동네보다 외지에서 온 듯 보였다. 하지만 그는 1955년 목동 33번지에서 태어난 이 마을 출신으로 이 지역 토박이다. 정수 씨는 기업 단체복을 제작하는 현대교복을 38년째 부인과 함께 운영하고 있다. 처제와 처형도 일손을 보태는 가족기업이다. 정수 씨는 토박이답게 동네일이라면 내 일처럼 나선다. 그러다 보니 구의원 활동도 하게 됐다. 2014년 지방의회에 입성해 3선 의원이자 대전 중구의회 의장으로 활동하기도 했다.

현대교복은 중촌동 맞춤복 거리에서 하나뿐인 단체복 납

품 업체다. 20년 전 성심당에 직원 유니폼을 납품한 것을 시
작으로, 선병원 등 지역 병원과 전국의 기업에 유니폼을 만들
어 판매하고 있다. 1986년 2학기부터 채택됐던 교복 자율화
보완조치에 따라 교복을 입기 시작한 학교가 늘어났다. 기성
복이 대중화되면서 옷을 맞춰 입는 사람은 줄어들었으나 단
체복 수요는 남아 있었다. 1988년, 이정수 장인은 가게 이름
을 '현대양복'에서 '현대교복'으로 바꾸고 단체복 시장에 뛰
어들었다. 중촌동 맞춤복 거리 인근에는 유독 학교가 많았다.
충남여중과 충남여고, 중앙고등학교, 서대전고등학교 등 10
여 개의 학교가 위치해 있었다. 교복 맞춤집을 운영하면 잘될
거라고 판단했다. 그 결심은 그의 인생을 바꿔 놓았다.

11월 늦가을 오후, 중구의회 이정수 의원실에서 그를 만
났다. 체크무늬 콤보와 회색 바지를 입은 그는 소문대로 멋쟁
이였다.

**18살에 은행동 거리에 있던 현대복장사에서 일을 배웠어요**
제가 18살 때 현대복장사라는 곳에서 일을 배우기 시작했어
요. 그 당시에 은행동 대전극장 가는 거리에 맞춤집들이 쭉
있었는데, 복장사라는 데가 있었어요. 양장점은 의상을 맞추
는 곳이고 양복집은 양복만 맞추는 곳이에요. 근데 복장사라
는 개념은 와이셔츠도 맞추고 점퍼도 맞추고 이런 콤비도 맞

추고 그런 데였어요. 여러 가지 옷을 다 취급하는 가게가 복장사였거든요. 사장님 일을 도우면서 기술을 배웠어요.

## 대전에서 가장 화려한 멋쟁이 골목이었죠

목척교 건너서 대전역과 목척교 사이에 양복집이 많았어요. 주로 목척교를 지나서 대전역 왼쪽 도로에 있었어요. 그쪽에 국제양복점, 삼우양복점, 기신양복점, 영광양복점 등이 있었고요. 그중에서 기신양복점이 제일 컸죠. 6개 정도 큰 양복점이 도로변에 있었고 작은 양복점은 골목에 있었어요. 그때는 라사점도 많았어요. 원단 가게라고 하죠? 라사점이요. 소파라사, 광진라사 등등이 있었어요. 거기서 원단들을 싸게 팔았어요. 제일모직, 경남모직 같은 좋은 직물 가게도 있었고요. 중앙시장으로 들어가면 한복거리라고 한복 파는 곳도 있었어요. 대전에서 가장 화려한 곳이었지요.

## 여성적인 일이어서 답답했고 방황도 많이 했어요

10대 끝자락에 취직해서 스물이 넘은 청년이 되니 혈기 왕성하잖아요. 손님들 상대하고 바느질하는 게 가게 안에서 이루어지는 일이다 보니 답답했어요. 큰일을 하고 싶은 마음이 커져만 갔어요. 바느질하는 게 싫어서 충북 영동에 6년 정도 가 있었어요. 군대 후배들과 이것저것 해봤는데, 배운 게 바느질뿐이다 보니 다시 고향으로 돌아왔어요. 1985년 목동으로 다시 와서 현대양복을 오픈했죠. 현대복장사에서 기술을 배웠으니까 초심으로 돌아가자는 의미에서 현대라는 이름을 가져왔어요. 목동에 KBS 방송국이 있었잖아요. 아나운서 고객도 있었고, 정치인들도 양복 맞추러 오고 그러셨죠.

## 큰일을 하고 싶었지만 경쟁이 안 됐어요

88년도면 중촌동에 있는 의상실은 잘될 때였어요. 청주에서 차 대절해서 단체로 옷 맞추러 오실 정도였으니까요. 그런데 양복점은 그렇지 않았어요. 당시 양복점은 홍명상가에 맞춤집들이 쫙 있었어요. 거기서 다 이루어졌죠.

　게다가 저는 조금씩 하는 게 굉장히 싫었어요. 양이 많은 거, 단체복 이런 걸 하고 싶었죠. 마침 교복 자율화 보완조치가 이뤄지면서 교복 입는 학교가 늘어났잖아요. 교복으로 전환해보자 생각하게 된 거죠. 마침 우리 목동 지역이 학군이 좋아요. 충남여중고, 대성중고등학교, 중앙중고등학교…. 그때는 서대전고등학교도 있었어요. 그런데 당시에는 교복을 많이 하지는 못했어요. 아무래도 여기가 학군이 좋고 학생들이 많다 보니까 큰 교복집이 목동으로 들어오더라고요. 대일교복이라고 있었어요. 대일교복이 대전에서 제일 컸어요. 위치도 목동 네거리 코너에 좋은 곳에 있고 하니까 거기서 거의

현대복장사에서 기술을 배웠으니 초심으로 돌아가자는 의미에서 현대라는 이름을 가져왔다.

다 교복을 맞췄어요. 그분들은 교복을 전문적으로 하려고 여기 들어온 사람들이에요. 그러다 보니까 미리미리 정보도 빨리빨리 캐치를 하고 부자재, 예를 들어 대성고등학교 같으면 대성이라고 마크를 찍은 그런 단추도 워낙 많이 하니까 구입하기가 쉬웠어요. 조그만 양복점은 못 했거든요. 그러다 보니 더 큰 곳으로 사람들이 다 몰렸죠.

**대기업이 진출한 교복시장을 학생복연합회 결성으로 맞섰죠**

선경, 스마트, 엘리트, IB 클럽 같은 기성복이 교복시장에 진출했잖아요. 중고등학생 교복시장이 커지니까 대기업 먹잇감이 된 거죠. 대기업이 손을 대다 보니까 잘되던 대일교복조차도 어려워졌어요. 작은 규모의 맞춤집은 고사 직전이 됐어요. 기술자들이 살아가야 하는데 살아남지를 못하잖아요. 안되겠다 싶어 90년도 초에 나서서 대전학생복연합회를 만들었어요. 20여 개 업체를 구성원으로 시작했죠.

예전에 김설영교복이라고 있었거든요. 큰 업체라고 우리 연합회에 들어오지 않았어요. "큰 업체가 우리 좀 도와주세요." 하고 제가 부탁해서 연합회에 합류했죠. 대기업에 교복시장을 빼앗기니까 김설영교복도 위기의식을 느꼈던 거죠. 제가 총무일 보다가 회장으로 일했는데, 대기업을 상대하기가 쉽지 않았어요.

학생복연합회를 결성해 대기업이 점유했던 교복시장에 맞섰다.

## 대기업을 선호하는 사회 분위기

당시에는 입찰도 없었어요. 학생들은 그냥 메이커를 선호해서 다 이름 있는 교복집으로 가니까 아주 어려웠죠. 교육청 출입하는 지역 언론사 기자분들을 모시고 기자회견도 했어요. 우리가 어릴 때부터 배워온 기술 갖고 살아가는 기술자들인데 이제 생업이 곤란하다, 역사가 있는 기술이 사장되지 않게 지역 업체를 언론에서 도와달라고요. 기술은 못지않게 최고 수준인데 자꾸만 큰 시장에 뺏긴다, 대기업에만 치우치게 사업이 된다, 그런 구조적인 문제점을 지적했죠.

학교 학부모회 회장님도 만나고, 교장 선생님 면담도 요청해 지역의 교복 맞춤집의 어려운 상황을 말씀드리고 했어요. 공개 입찰을 하게 해달라고요.

함께 뭉치니까 힘이 조금 발휘되더라고요. 나중에는 대기업 학생복 업체들도 학생복연합회에 들어왔어요. 조그만 업체끼리 뭘 하냐고 무시했는데, 그 힘을 무시할 수 없다고 생각했는지 우리 연합회에 회비 내고 스마트, 엘리트 같은 대기업 학생복 업체들이 들어왔어요. 그러다가 제가 2014년도 중구의원에 당선돼서 중구의회에 들어오게 되면서 연합회 활동을 못 하게 되었어요. 힘들었지만 지역을 위해 봉사할 수 있었던 시간이었기에 감사한 마음이 듭니다.

### 제빵계의 삼성, 대전 성심당과의 인연

학생복연합회 활동을 하면서 단체복에 더 관심을 갖게 됐어요. 특히 셰프복에요. 그래서 일본에 가는 지인한테 일본 셰프 패션 관련 책도 사다 달라고 부탁하고 그랬어요. 자꾸 보다 보면 안목이 생기잖아요. 다양한 형태의 셰프복을 디자인해서 요리사 분들한테 보여줬는데 반응이 좋았어요. 그때 대전충남조리사협회 협회장이던 이정삼 씨가 보고서 대전엑

스포에서 진행하는 세계조리사대회에 출품해보라고 하는 거예요. 셰프들이 유니폼을 입어야 되잖아요. 그래서 디자인해서 출품했는데 상을 받았어요. 그 일을 계기로 현대교복이 셰프복을 잘한다는 소문이 났어요.

성심당 공장장을 하시던 이석원 씨가 우송대학교 조리학과 교수로 계셨는데, 소개를 받고 나한테 '성심당 셰프복 좀 해주십시오.' 하고 부탁했어요. 그러면서 성심당과 인연이 시작됐죠.

성심당 셰프복으로 시작한 일이 지금은 직원 유니폼까지 납품하게 됐어요. 현재 매출의 많은 부분을 차지하고 있지요.

성심당이 제빵계의 삼성이라고 불리잖아요. 그런 곳과 지금까지 거래를 쭉 하고 있어서 너무나 자부심을 느끼죠. 내가 만든 유니폼을 입고 근무하는 사람들을 생각하면 굉장한 자부심을 느껴요. 고마울 따름입니다. 현대교복이 경쟁력이 있어서라기보다, 대전 지역 업체인데다 한번 맺은 인연을 소중하게 생각하는 따뜻한 마음씨 덕분에 거래가 이어져왔다고 생각하거든요. 정말 귀한 인연이죠.

성심당과 거래하면서 기억나는 에피소드가 있을 것 같은데요.

단체복 납품하기 전 일이에요. 돌아가긴 창업자 어르신 점퍼를 맞춰달라고 며느님께서 가게로 오셨어요. 자택으로 방문

한번 맺은 인연을 소중하게 여기는 마음 덕분에 거래가 이어져왔다고 생각한다.

했더니 휠체어에 앉아 계셨어요. 줄자를 가지고 치수를 재려고 하니 "나도 기술자여. 앉아 있어도 괜찮겠나?" 그러시더라고요. 휠체어에 앉아 있으니 치수 재는 데 불편할까 봐 그렇게 말씀하신 거 같았어요. 그 일이 기억에 남네요.

## 가장 많이 신경 쓰는 건 원단

우리는 성심당 유니폼을 만들 때 값싼 중국산 천을 쓰지 않아요. 중국산은 몇 번 빨면 보풀이 나거든요. 서울에 있는 제직 공장에서 성심당 유니폼으로 쓸 원단을 아예 짜서 만들어요. 돈을 조금 더 주더라도, 두껍고 힘 있어서 보풀이 일어나지 않는 원단을 짜주십시오 하고 주문 제작하는 거죠. 그걸 가져다가 유니폼을 만드는 거예요.

성심당 유니폼이 멋있잖아요. 디자인이 여러 번 바뀌었어요. 유니폼 디자인에도 역사가 있는 거죠. 처음 디자인은 제가 했지만 지금 디자인은 성심당 이사님이 하신 거예요. 그분이 상업미술인가 전공하셔서 디자인을 잘하셨거든요. 제작도 처음에는 일일이 직원들 몸을 재서 만들었지만, 지금은 사이즈별로 만들어 납품하죠.

## 시가 나서줬으면 좋겠어요

구의원이 됐어도 맞춤복 거리에 대한 애정은 여전해요. 한번

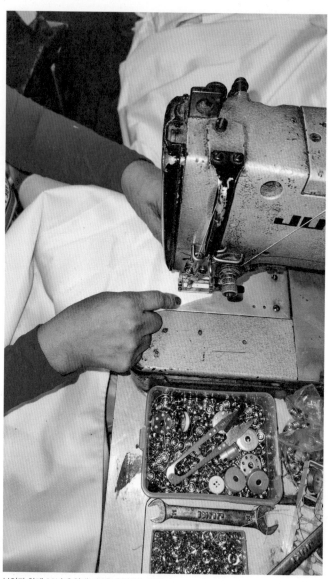

부인과 함께 38년째 현대교복을 운영하고 있다.

은 풍기에 출장 간 적이 있어요. 혹시 벤치마킹 할 게 있을까 해서 풍기 인견시장에 가봤어요. 시장 상인들을 만나보니 중국산이 들어와서 장사가 안 된다고 볼멘소리 하시더라고요. '아이고, 여기는 벤치마킹할 게 없겠구나.' 낙심했던 기억이 나요. 시가 상인들을 도와줘야 해요. 공무원들도 단체복 사거든요. 인터넷으로 하는데 상인들에게 맡기면 지역 살리기에 도움이 되니까 좋죠. 싼 물건만 찾다 보니까 서울에서 직거래 하는데 아쉬움이 커요. 그러지 말고 맞춤복 거리에 있는 지역 상인들에게 의뢰하자고 하면 좋겠어요. 지역을 살리는 일이 니까요. 이왕 만들 거면 그렇게 하는 게 좋은 방법이 될 수 있잖아요.

70세에 가까운 이 씨는 한 해 한 해 시간이 가는데 맞춤복 거리에 둥지를 틀려는 청년이 많지 않아 걱정된다고 말했다. 이대로 가다간 50년 전통의 맞춤복 거리가 사라질 것 같다고 우려한다.

"서른 넘은 아들이 있는데 다른 일을 해요. 아빠 일을 물려받을 생각은 없는 듯해요. 그러다 보니 청년들에게 중촌동에서 새 일을 모색해보자 말할 수 있나 싶어요." 하며 쓴웃음을 지어 보였다.

"그래도 아들이 그래요. 가게를 팔지 말라고요. 나중에 지

133

인한테 맡기든지 자기가 하든지 그런다고요. 농담인지 모르겠지만, 그런 말을 하긴 하네요."

## 뛰쳐나갔던 나를 기다려 준 아내에게 고마워요

이 대표는 젊은 시절 좁은 가게에 앉아 바느질을 해야 했던 삶이 답답해 뛰쳐나가고 싶었다고 고백했다. 하지만 나이가 들어감에 따라 자신의 직업에 자긍심을 갖게 됐다고. 철없던 젊은 시절, 4살 적은 부인에게 일을 모두 맡기고 술을 마시러 다녔던 걸 후회한다고도 덧붙였다.

"직업이 남자 같지 않은 직업이라 못마땅했어요. 안에만 있었고, 비좁은 공간에서 재봉질만 하는 게 싫었어요. 그래서 다른 일을 좀 해보려고 했고, 오밀조밀한 일보다 좀 큰일을 하자 해서 단체복을 시작한 거예요."

그는 답답하다며 밖으로 돌았던 자신을 원망하지 않고 자리를 지켜준 아내에게 고맙고 미안하다며 눈물지었다.

"이 기술이 정말 좋은 기술이에요. 섬세한 기술이고요. 창의적인 일이라서 새로운 걸 만들어 내는 희열도 있어요. 내가 만든 셰프복이 크게 히트쳤다고 생각해보세요. 굉장한 기쁨이죠. 보람이고요."

이 씨는 중촌동 맞춤복 거리가 패션의 메카가 되길 꿈꾼다. 그러기 위해선 많은 노력이 필요할 것이다. 중촌동 맞춤복 거리를 지키고 있는 장인들이 우리에게 보낼 초대장이 어떤 모습일지 관심 가지고 지켜보고 싶다.

# 맞춤복 안에
# 인생이 담겨 있어요

## 14년째 중촌동 맞춤복 거리에서
## 옷을 만들어 입는 이수정 고객

⊙

수정 씨와의 만남은 믿기 힘든 우연이었다. 2023년 5월, 대전의 한 시민단체에서 운영하는 문화교육 프로그램에 참여해 퇴직 전까지 문화재청에서 일한 고위공무원 한 분과 인사를 나누게 되었다. 그는 작가인 내게 어떤 책을 쓰고 있는지 물었고, 나는 중촌동 맞춤복 거리에 관한 책을 쓰고 있다고 답했다. 그러자 예전에 함께 일했던 직원이 거기서 옷을 맞춰 입곤 했다며 반색했다.

"어머, 그래요? 혹시 소개해주실 수 있을까요?"

그리고 일주일 후, 수정 씨가 일하는 유네스코 관련 국제기구 사무실에서 인터뷰가 진행되었다. 그가 중촌동 맞춤복 거리에 위치한 미즈패션과 인연을 맺은 건 영국 유학에서 돌아온 2009년으로 거슬러 올라간다.

"박사학위를 받고 문화재청 연구직으로 입사를 했어요.

공무원이다 보니 정장을 입어야 하는데 백화점에서 파는 정장이 너무 비싸더라고요."

블라우스와 재킷, 치마나 바지 등 정장 한 벌을 사는 데 100만 원이 훌쩍 넘는 걸 보고 깜짝 놀랐다. 외국 생활을 오래 하면서 캐주얼한 옷을 주로 입다가 100만 원 가까이 하는 정장을 입으려니 공무원 월급으로 충당하기 부담스러웠다. 어린 시절과 청소년기, 청년기를 서울에서 보낸 그는 동대문의 옷감 가게와 바로 2층에 위치했던 맞춤복 가게를 떠올렸다. 저렴한 가격으로 옷을 맞춰 입을 수 있는 맞춤복 가게가 대전에도 있을 듯했다. 인터넷 검색을 통해 그는 결국 중촌동 맞춤복 거리를 알게 되었고, 날을 잡아 그곳을 찾았다. 70여 개의 맞춤복 가게와 관련 업체들이 100m가량의 골목길에 빽빽이 늘어서 있었다. 일단 구경해보자는 마음으로 골목을 둘러봤다.

겨울 코트가 필요했다. 170cm 장신인 그에겐 긴 코트가 잘 어울렸지만 그해에는 반코트가 유행했다. 백화점뿐 아니라 옷을 파는 모든 가게에서 주로 반코트를 팔았다. 맞춤복 거리에선 롱코트를 맞춰 입을 수 있겠다 싶었다.

미즈패션이란 간판을 단 맞춤복 가게가 눈에 들어왔다. 쇼윈도에 정장 전문이란 문구가 쓰여있었다. 문을 열어젖히자 부부로 보이는 50대 남녀가 손을 부지런히 움직이며 일하고

새로운 옷을 맞춰 입기 위해 미즈패션으로 향하는 수정 씨

있었다. 남자 사장은 재단을, 여자 사장은 바느질을 하는 중
이었다. 가게는 좁았지만 웬만한 천이 모두 구비되어 있었다.
코트를 맞추고 싶다고 말하자 여자 사장이 원하는 색과 디자
인을 물어보았다. 또 자신의 대답을 주의 깊게 들으면서 필요
하다 생각이 들면 조심스럽게 의견을 말하였다. 소비자의 취
향을 충분히 파악하려 노력하는 게 보였다.

처음이었던 만큼 가장 무난한 모직 천을 골라 긴 코트를
맞췄다. 놀랍게도 기성복의 3분의 1 가격으로 코트 한 벌을

만들어 입을 수 있었다. 중간에 가봉하는 게 귀찮기도 했지만, 원하는 디자인으로 몸에 잘 맞게 제대로 재단이 됐는지 확인하는 꼭 필요한 과정이었기에 크게 불만스럽지 않았다. 그 후로 수정 씨는 맞춤복 애호가가 됐다.

옷을 선뜻 맞춰 입지 못하는 사람들에게 그는 "디자인이나 천 고르는 게 생각보다 어렵지 않다"고 말해주고 싶다고 강조했다.

"일단 의상실에 마음에 드는 색이나 재질의 천이 있으면 그걸 골라요. 그렇지 않은 경우엔 인터넷을 이용하죠. 요즘은 천을 파는 괜찮은 사이트가 많거든요. 거기서 마음에 드는 색과 재질을 찾아 샘플을 우선 구매해서 나와 어울리는지 확인해요. 그러고 나서 필요한 만큼 천을 주문하는 거예요. 옷을 맞춰 입다 보면 감각이 생겨요. '이만큼의 폴리에스테르와 이만큼의 면이 있으면 재질감이 어떻겠구나.' 상상해서 샘플을 신청해보면 대충 제가 생각했던 두께의 재질인 거예요. 600g의 모직 천은 이런 정도의 두께겠구나, 실크 10g은 이 정도의 무게감이구나, 이런 걸 하나하나씩 알게 되는 거죠. 합성섬유의 장단점도 알게 되고요."

수정 씨는 천이나 디자인을 선택해야 해서 옷을 맞춰 입으려면 스트레스를 받을 거라 다들 생각하는데, 의외로 해보면 재밌다고 강조했다. 일상을 살아가는 데 소소한 재미가 될 수 있다는 것.

"여직원들끼리 친하잖아요. 공무원으로 일할 때였는데, 어느 날 어떤 분이 "이수정 씨는 옷을 어디서 사 입어?" 묻더라고요. "왜요?" 하고 물으니 사람들을 보면 '이 사람은 어떤 브랜드를 입는구나.' 이게 어느 정도 감이 잡히는데, 저는 그 브랜드일 것 같아서 찾아보면 그 브랜드 옷이 아니고, 또 다른 브랜드일 것 같아서 찾아보면 아니라고요. 그래서 여직원들 사이에서 몇 사람이 얘기를 한다는 거예요. "저 사람 도대체 어디서 옷을 사 입지?" 하고요. 제가 해외 출장이 많으니까 분명히 해외에서 옷을 사 올 것이다, 그렇게 생각했다는 거예요. 그래서 제가 한번 여직원들 단체방에 글을 올렸어요. '저, 대전의 중촌동 맞춤복 거리라는 데서 옷을 해 입어요.' 그러자 여직원들 몇 명이 미즈패션에 같이 가고 그런 적이 있었죠."

지금 근무하는 유네스코 관련 국제기구에서 함께 일하는 직원 중에도 옷을 맞춰 입는 재미를 맛보는 사람들이 있다.

"디자이너 분들이 전문가잖아요. 그런데도 옷을 만들 때 고객들에게 단정적으로 강요하지를 않아요. 그래도 한번 이렇게 해보자 얘기하시는 정도예요. 상의해서 뭔가를 만드는 데서 오는 만족감이 꽤 커요. 저는 그게 참 좋은 것 같아요."

오랜 세월 옷을 매개로 대화를 나누다 보니 경조사를 챙기고 고민을 나누는 관계로 발전했다. 수정 씨가 갱년기에 접어

들어 힘들어할 때 사장님이 그의 이야기를 들어 주고 다독여 주며 큰 힘이 되어주기도 했다.

미즈패션을 떠올리면 어떠세요?

마음이 푸근하죠. 편하고요. 사장님은 저에게 이모 같은 분이세요. 디자이너와 손님 관계로 만났는데 흉금을 터놓는 사이가 됐지요. 서로에 대해 웬만한 건 다 알아요. 옷을 맞춰 입으려면 치수를 재야 하고 디자인이나 천 등 서로가 의논해야 하는 부분이 많잖아요. 그러다 보면 나도 모르게 많은 것들을 터놓게 되고 나의 몸만큼이나 마음도 디자이너 분이 알게 되더라고요. 나에 대해 모르는 게 거의 없어요. 그냥 만들어진 옷을 사 입는 것과는 다른 관계를 맺게 되더라고요.

지금 입으신 옷도 맞춰 입으신 거예요?

잠옷이나 평상시에 집에서 입는 옷 말고 직장 다닐 때 입는 옷은 대부분 맞춰 입는 편이에요. 지나가다가 정말 마음에 드는 기성복을 사기도 하지만 그런 건 끼워 맞춤이고, 보통은 다 맞춰 입어요.

처음 코트 맞춰 입으실 때 비용이 얼마나 드셨어요?

제 기억으론 한 15만 원 정도 했던 것 같아요. 굉장히 싸게 했

수정 씨는 이 골목이 삶의 활력을 주는 곳이라고 말한다.

죠. 그다음부터는 사람이 약간 욕심이 생기잖아요. 약간의 자신감도 생기고요. 그러면서 이제 뭐라 그래야 될까···. 좋은 천으로 좋은 옷을 해 입어 볼까 싶죠. 그럼 이제 천을 살 때 캐시미어 함유량이 많은 천도 사보고 그러죠. 그러면 큰 실수가 없으니까요. 캐시미어 함유량에 따라서 천의 마당 가격이 달라지더라고요. 그러니까 캐시미어 100%는 마당 15만 원 정도 해요. 그러면 보통 코트를 해 입을 때 롱으로 해 입으면 세마 반 정도가 들어가거든요. 15만 원씩 세 마 반이면 45만 원

143

이고, 공임이 20만 원에서 25만 원 하면, 총 70만 원 들잖아요. 백화점에서 캐시미어 100% 사려면 몇백만 원 하는데, 가격적인 면에서 굉장히 싸죠. 그런 면에서 저는 굉장히 좋았어요. 지금도 여전히 좋고요.

가격적인 면을 제외하고 맞춤복을 고집하는 이유가 있나요?

내가 원하는 걸 굉장히 정확하게 말할 수 있다는 거예요. 하다못해 단추는 이런 단추를 달아달라든지, 지퍼는 뒤로 하거나 옆으로 해달라든지, 주머니는 좀 깊이 넣어달라든지요. 코트 같은 경우 저는 항상 안주머니를 해달라고 하거든요. 안주머니가 겉주머니보다 휴대폰이나 지갑을 넣기에 좋잖아요. 그런 면에서 굉장히 좋아요. 또 제가 팔다리가 긴 편이어서 기성복이 사이즈가 잘 안 맞기도 해요. 맞춤복은 제 몸에 딱 맞게 조절도 가능하고, 나중에 또 줄고 늘고 하면 수선도 가능하고 하니까 여러모로 좋죠.

가봉을 중간에 해본다는 것도 큰 장점이에요. '나한테는 이 부분이 이렇게 벙벙한 게 안 맞는구나.' 그럼 그 자리에서 여기는 주름을 아예 없애달라든지, 뭐 모든 게 다 가능하잖아요. 그러면서 하나씩 제 체형에 맞는 걸 찾아가는 것 같아요. 옷을 만들어가는 과정이 취미생활 하는 것 같은 느낌이에요.

팔다리가 긴 편인 수정 씨는 맞춤복은 자기 몸에 딱 맞게 입을 수 있어서 좋다고 한다.

그럴 때도 있죠. 일이 바빠서 가봉하러 갈 시간이 없으면 그냥 가봉 안 하고, 제가 처음에 의뢰를 할 때 만들어달라고 했던 그 모양으로 그냥 다 완성해서 택배로 보내달라고 해요. 거기서 만약 내가 생각했던 결과물이 안 나왔다 그러면 다시 택배로 보내서 이렇게 저렇게 해주세요, 그러면 어느 정도는 다 맞춰서 보내주시지요.

네. 재단할 때 쓰는 패턴지 있잖아요. 그거를 고객별로 가지고 계시는 것 같아요.

아니에요. 진짜 종이로 떠놓으신 거죠. 재단할 때 종이로 떠서 초크로 그린 재단지를 한참 지나서도 가지고 계시더라고요. 그 재단지에 '몇 년에 무슨 색깔 옷을 했던 패턴지' 이렇게 써 놓으시더라고요. 그러면 제가 "예전에 파란색으로 해주셨던 거 그대로 해주시면 좋을 것 같아요." 그렇게 말씀드리면 바로 비슷하게 해주세요. 그것만 해도 자료가 많으신 거죠.

한 10년쯤 됐을 때인가? "이제 이거 중에 몇 개만 남기고 정리하려고 해요." 하셔서 제가 그러셔도 된다고 했어요. 저도 유행이 계속 바뀌고 나이가 들어가면서 어울리는 옷이 바뀌는데, 계속 똑같은 옷 해 입을 순 없으니까. 가게도 좁은데 괜히 짐 될 것 같아서 안 가지고 계셔도 된다고 말씀드렸어요.

패턴지를 보면 내가 입는 옷이 어떻게 변화했나 알 수 있겠어요.

네. 최근에는 안감도 제 마음대로 해요. 가끔 안감이 뭔가 탁 튀면 더 스타일리시해 보이기도 하잖아요. 검은색 정장이지만 안감은 빨간색으로 해주세요, 하면 그렇게 해주세요.

할수록 진짜 늘긴 하겠네요.

네, 재미도 있고요. 또 맞춤복에서는 안 되는 스타일을 무리하게 부탁드렸구나 하는 것도 알게 돼요. 그러면 그 부분까지는 크게 어떤 변형을 요구하지 않을 때도 있어요.

예를 들면 뭐가 있을까요?

미즈패션 사장님 두 분은 항상 옷에 관한 얘기를 많이 하신대요. 계절이 바뀔때에 백화점을 한번 둘러보신대요. 요즘 여성복 스타일은 어떤지 알아보시느라고요. 그럴 때 저한테 가끔 하시는 말씀이, "요즘 젊은 디자이너들이 생각이 무척 획기적이다. 예를 들어 당신들이 배울 때는 보통 다트선을 어디어디에 넣었는데, 지금은 정말 다트선이 하나도 안 보이게 넣는다. 나중에 옷을 뜯어보니 엉뚱한 데에 다트선을 넣었는데 그게 굉장히 선을 살려주더라." 하고 얘기하실 때가 있어요. 한 끗 차이가 있다고요.

가끔 오래돼서 못 입는 기성복을 가져다 드리고 똑같이 만들어 달라고 할 때가 있어요. 그러면 새 천으로 똑같이 만들어주시거든요. 그러면 옷을 뜯어보신 후에, "이 옷이 속 디자인이 이렇더라고요." 얘기하실 때가 있어요. 그러면 이제 그분도 당신들 재단할 때 배웠던 거하고는 전혀 다른 방식이어서 "앞으로 다른 분들도 이런 방식으로 한번 해봐야겠다."라고 얘기를 하세요. 그분들도 요즘 너무 빠르게 바뀌는 트렌드를 다 따라가지 못하는 것도 있겠죠. 특히 요즘에 명품 옷도 많이 들어오고 하니까요. 하지만 그런 거 보면서 이렇게 배우시기도 한다고 얘기하세요.

14년 인연이면 많은 일이 있었을 텐데요, 또 특별한 기억이 있을 것 같아요.

언제 한번 저한테 그러신 적이 있어요. 첫해였는지 다음해였는지, 제가 전년도에 맞춘 코트 수선을 부탁드린 적이 있어요. 그런데 코트 안쪽에 태그가 있잖아요. 그걸 보시면서 "이 태그를 그대로 쓰시네요?" 하시는 거예요. 태그에 미즈패션이라고 쓰여있고 전화번호가 있잖아요. "그래서 태그가 왜요?" 그랬더니, 어떤 고객들은 다른 태그로 바꾼다는 거예요. 예를 들면 명품 태그로요. 그래서 저는 "미즈패션 옷이 미즈패션 옷이지 다른 옷은 아니잖아요." 그렇게 말씀드렸어요. 그래서 저도 알게 됐죠. 많은 사람들이 명품 스타일로 옷을 해서 명품 태그로 바꿔 다는구나.

어떤 경우에는 종종 명품 옷 수선을 거기다 맡기는 사람들이 있나 봐요. 참된 아이덴티티를 생각하지 않고 그냥 편의로, 일반 수선집보다 거기가 더 잘 해주겠지 그런 생각으로 맡기는 건데, 잘못된 행동이라 생각해요. 그래서 아무한테나 의상실을 소개하지 않아요. 소개가 굉장히 조심스럽죠. 그분들은 괜찮다고 하시는데 그래도 거기는 옷을 만드는 데지 수선하는 데는 아니잖아요. 근데 어쩔 수 없이 2만 원, 1만 원 이렇게 받고 수선도 해주시는 것 같더라고요. 근데 저는 그런 부탁은 그냥 수선집 가서 하면 된다고 보거든요. 그래서 이제 믿을 만한 분께만 소개해요. '다 내 마음 같지 않구나.' 이런 생각이 들죠.

80년대부터 중촌동 맞춤복 거리에 계신 분들인데, 두 분 사장님은 옷을 만드는 장인으로서 자부심이 크다고 보시나요?
제가 보기에는 매우 크세요. 첫 번째는 아주 젊은 시절에 재단과 재봉을 배운 뒤로 지금까지 이 일을 해오셨고, 앞으로 나이 들어서도 계속할 수 있는 일이니까 평생 직업이라고 생각하시는 것 같고요. 두 번째는 옷을 만들어서 그 사람이 멋지게 잘 입고 유용하게 입으면 굉장히 뿌듯하게 생각하시는 것 같아요. 그래서 택배로 받으면 "잘 맞는지 사진 한번 찍어서 보내주세요." 이렇게 꼭 확인을 하세요. "이 천은 이런 고민이 있어서 이렇게 해결했는데 괜찮으세요?" "디자인이 좀 바뀌었는데 괜찮으세요?" 이렇게 항상 물어보시거든요. 본인들도 그 부분에 대한 자신감이 없으면 그렇게 못 하실 것 같은데, 그거를 항상 확인하고 괜찮았는지, 다음에 주의할 건 없는지, 그런 걸 항상 생각하시는 것 같아요. 저는 처음에 그저 우연히 들어간 집이고 다른 집에는 안 가봤는데요, 이분들하고 지금까지 10년 넘게 코드가 잘 맞는 것 같아요. 제가 "이렇게 한번 실험적으로 해볼래요." 했을 때 같이 고민해주면 좋은데, "그거 절대 안 돼요. 못 해요." 라고 말씀하신 적이 없어요. 제가 무엇을 원하는지 금방 이해하시고 같이 고민해주시거든요.

제가 해외 출장을 갈 때, 특히 태국이나 아시아 지역을 가면 항상 직물 가게를 가요. 로컬 시장에 가면 항상 천을 파는 가게가 있어요. 예를 들면 태국에 갔을 때에는 전통문양으로 염색한 천을 사려고 직물 가게에 가서 천을 샀어요. 그 천으로 원피스도 입고 치마도 해 입고 많이 해 입거든요. 아니면 한복 천을 끊어가지고, 남자 두루마기 감은 좀 톡톡하고 자수가 화

해외 출장을 가면 수정 씨는 로컬 시장에 가서 항상 직물 가게를 들른다고 한다.

려하지 않잖아요. 그걸로 재킷도 많이 해 입는 편이에요. 저는 학술 발표 같은 곳에 갈 때가 많으니까, 그럴 때 입으면 크게 벗어나지 않으면서 약간의 독특함이 있어서 굉장히 좋거든요. 그런 면에서는 저는 굉장히 많이 활용을 하는 편이죠.

좋네요. 옷을 맞춰 입는 게 불편하거나 귀찮지 않을까 생각했는데요.

생각처럼 그렇게 귀찮지 않아요. 오히려 하다 보면 재밌어요.

요령도 생기고, 또 자기가 원하는 스타일을 못 찾았을 때, 그냥 자기가 평상시 좋아하던 스타일과 비슷하게 만들면 꽤 만족스럽게 옷이 나오거든요. 그러니까 그 정도의 귀찮음은 참는 거 같아요.

지금 근무하는 곳에 여직원이 많아요. 직원의 반 이상이 여직원인데, 그중 두 분이 중촌동 맞춤복 거리에서 옷을 맞춰 입기 시작했어요. 그분들도 재미를 하나씩 찾아가는 것 같더라고요. 천을 검색해보기도 하고, 맞춤복 거리에 있는 직물가게, 이를테면 경성직물이나 이런 데도 들어가 보고, 미즈패션에서 천을 골라서 옷을 한두 개 만들기 시작한 분들도 있어요. 얼마나 갈지는 모르지만 재미있다고 생각하시는 것 같아요. 해보니까 너무 재미있고 특정한 스타일의 옷을 입고 싶었는데, 그거를 여기서 찾을 수 있어서 좋아하시는 것 같아요.

만족할 만큼의 기성복을 사 입을 경제적 여력이 되면 사 입는 것도 좋죠. 근데 사실 기성복 가격이 너무 비싸잖아요.

명품이 아니어도 비싸죠. 맞춰 입으면 할 수 있겠다 싶네요.
네. 인터넷으로 천을 다 살 수 있으니까 발품 안 팔아도 되고, 샘플을 우선 받아보고 구매할 수 있어요. 인터넷에서 샘플 사진을 클릭하면 질감이나 색깔을 알 수 있어요. 배송비만 보내면 샘플 패치를 보내주는데, 직접 보면 더 정확하게 질감이나 색깔을 확인할 수 있죠. 신패브릭이라는 사이트가 있는데요, 요즘 활성화되는 걸 보니까 의외로 서울에 옷을 맞춰 입거나 본인이 직접 배워서 만들어 입는 사람들이 많은가 싶어요. 신패브릭 사이트가 무척 크고 천도 많아요. 순환도 빨리 되고요. 예전에 문화재청 고위직으로 모셨던 분이 계세요. 그분께 미즈패션을 소개해드렸는데, 거의 당신 스타일만 고집하시는 분이시거든요. 그분은 계속 우편으로 옷을 받으세요. 지금도 매장에 직접 가시진 않아요.

여자분이신데 복장이 항상 거의 똑같아요. 항상 천만 사다가 디자인은 비슷하게 만들어 입으시거든요. 이분은 항상 당신이 원하시는 이걸로 그냥 해달라고 하세요. 옷감도 미즈패션 사장님이 동네에서 계절에 맞게 적당히 고르셔서 늘 입는 디자인으로 만들어 택배로 보내시는 거죠.

자기 스타일이 명확하면 똑같은 패턴의 옷을 계속 반복적으로 맞출 수 있어요. 색만 바꾸거나 어떨 때는 안에 뭘 넣거나 하는 거죠. 그러면 패딩도 만들 수 있어요. 오리털 패딩만 아니면 솜 패딩은 얼마든지 만들 수 있어요. 안 만들어지는 게 없어요. 천이 남으면 같은 색상으로 목도리도 하나 해달라고 그러면 목도리도 하나 나오고요. 안에 입을 티도 하나 해달라고 하면 남은 천으로 이너 티도 만들어져 나오고 그렇죠. 그러니까 유용한 게 많죠.

요새는 청바지도 너무 예쁘게 잘 나오잖아요. 청바지도
맞춤으로 가능한가요?

저는 청바지를 만들어 달라고 한 적은 없는데요, 가능할 것
같아요. 주로 면바지를 많이 만들어 입어요. 요즘에는 스판
천도 굉장히 많이 살 수 있어요. 등산복 천만 사면 등산복도
만들어주세요. 대전에도 등산복 천 파는 데가 꽤 있거든요.
방수 약간 되는 천들 있잖아요.

제가 재작년까지 문화재청에 있을 때는 공주, 부여, 익산
을 담당하는 시기가 한 3년 있었어요. 그러면 예를 들어서 공
주, 부여, 익산은 발굴을 아주 많이 하니까 어느 산에서 발굴
하다가 산에서 유물이 나왔다. 그러면 바로 산을 타야 해요.
제 차에 항상 등산화가 있거든요. 비가 오든 눈이 오든 어쨌
든 그날 새로운 유물이 발견되면 산을 타야 하니까요. 또 트
렁크 안에 등산복 말고 항상 방수되는 천으로 만든 약간 편한
잠바를 넣고 다녔는데, 그게 안에 누비가 되어 있어서 겨울에
도 입을 수 있었어요. 그것도 맞춤집에서 맞춘 거예요.

내가 원하는 대로 모자를 달려면 모자를 달 수도 있고, 길
게 만들려면 길게 만들 수도 있고, 지퍼를 두 개 하거나 아니
면 여러 가지 방식으로, 겉주머니 없이 안주머니만 할 수도
있고, 여러 용도로 할 수 있으니까 아주 좋죠.

수정씨는 자신만의 멋을 추구하는 사람이 늘어나면 좋겠다고 생각한다.

## 중촌동 맞춤복 거리가 활성화될 수 있을까요?

안타깝지만 이대로라면 없어질 거 같긴 해요. 그 세대가 돌아
가시면 한두 군데 남을 수 있겠지만, 자식한테 물려주실 분들
이 많지 않으면 없어질 수 있겠죠. 공주시에 구도심 지역이
있어요. 공주 사대부고 중심으로 하숙집들이 있었거든요. 그
게 다 일제강점기 건물들이에요. 공주 사대부고에 기숙사가
생기니까 그 하숙집들이 구옥을 개조해서 거기에 청년들이
들어와서 공방도 하고 카페도 하고 숙소도 하고 그러거든요.

근데 중촌동은 그 정도까지는 아직 안 돼 있는 것 같아요.

제가 올해부터 대전시 문화재 위원을 하고 있거든요. 대전시에 근대 문화재가 많잖아요. 특히 철도역 뒤쪽으로요. 100여 년 정도 된 건물을 중요하게 여기는 단계이기 때문에 아직은 중촌동 같은 70-80년대 유산을 조금 덜 중요하게 여기는 것 같기도 해요. 그리고 거기까지 들어갈 만큼 경제적으로 큰 메리트가 있느냐, 그런 것 같지도 않아요. 그래서 아마 시간이 걸리기는 할 거예요. 얼마만큼 중촌동 맞춤복 거리가 남아있어줄 수 있을지 그 부분은 잘 모르겠어요.

그래서 저는 설사 기성복이 마음에 드는 게 있다 하더라도 일부러 잘 안 사요. 그냥 옷을 해 입을 거면, 그러니까 옷이 필요하면 저는 그냥 맞춰 입는 편이에요. 기성복도 워낙 다양해서 싼 것도 많잖아요. 그래도 해 입어요. 저는 이 맞춤복 거리가 오래 남았으면 좋겠어요.

요즘엔 기성복이 유행에 따라 카피해서 대량으로 만들어 싸게 팔잖아요. 찍어내듯이요.

요즘에 할인도 많이 하고 그러니까 젊은 사람들은 그게 더 편리하다고 생각할 수도 있어요. 한편으로는 몇 번 아껴서 명품을 사고 싶어 할 수도 있고요.

대단하죠. 지금 우리 집 아이가 28살이에요. 직장을 다니는데, 걔가 이런 세계도 있다는 거를 알아야 한다고 해서 저를한남동에 데려간 적이 있어요. 한남동에 젊은 사람들이 개업한 작은 디자인 샵들이 있어요. 옷가게도 많고. 그런 곳에 일종의 명품 브랜드처럼 커가는 게 있더라고요. 그렇게 되려면디자인이 백업이 돼야 하는데 중촌동은 아직 그렇지 않고, 그냥 가장 일반적인 옷과 일반적인 스타일을 기존의 스타일대로 만들어주는 정도에 있다 보니까, 그 외의 장점들로 살아남아야 되는 거여서 조금 안타깝기는 하죠.

저는 젊은 사람들이 중촌동에 좀 관심을 가졌으면 좋겠어요. 강요를 할 수는 없지만, 아까도 말씀드린 것처럼 새로운스타일을 생각해봤으면 좋겠어요. 꼭 내가 디자이너이거나패션에 대단한 감각이 있는 사람이 아니더라도, 그냥 일상에서 항상 하는 고민들이잖아요. 내가 어떤 스타일을 입어야 되지? 올해는 어떤 색이 유행일까? 이런 것들을 누구나 다 생각하잖아요. 그런 면에서 저는 하나의 취미 정도로 생각하고 다양한 맞춤복을 시도해 보는 이들이 많아지길 바라죠. 실패할수도 있지만요.

제가 최근에 제일 마지막으로 해 입은 옷을 말씀드리고 싶어요. 위아래가 똑같은 정장인데 뒤판 있잖아요. 팔이랑 앞판은 똑같은 걸로 하고 뒤판을 한복 천으로 댔어요. 그렇게 했는데 이게 너무 과한 거 아닌가 싶은 거예요. 그래서 제가 미즈패션에 "너무 과감하게 나간 거 아닌가 싶기도 하다." 그랬는데, 미즈패션에서 "나중에 언제든 같은 천으로 바꿀 수 있으니, 주변에서 좀 의견도 들어보시고 하면 어떻겠냐"고 하시더라고요. 입어보면 또 다를 수가 있으니까요. 그래서 제가 첫날 사무실에 입고 왔는데, 전혀 모르는 직원이 저한테 이거 어디서 사셨냐고, 옷이 너무 예쁘다고 하는 거예요. 그래서 제가 다른 직원한테도 정말 솔직하게 괜찮은지 물어봤어요. 근데 다른 직원들도 다 이상하지 않다는 거예요. 왜냐하면 앞은 정말 정상이고 뒤에만 반전이 있는 거니까요. 그래서 그냥 입기로 했거든요. '과감한 시도도 한번 해봄직하구나.' 싶더라고요. 너무 재미있잖아요. 제가 전혀 지금까지 해보지 않았던 시도니까요. 젊은 사람들도 한 번쯤은 느껴볼 만한 재미일 것 같아요.

저는 진심으로 이 동네가 사람들에게 더 많이 알려졌으면 좋겠어요. 여기 상인들이 부자가 되고 이런 걸 떠나서, 제가 지난 14년 동안 느낀 재미를 다른 사람들도 좀 소소하게 느껴보면 좋겠다는 생각 때문이에요. 진심으로 자신만의 멋을 추구하는 사람이 늘어나면 좋겠습니다.

수정 씨는 누구보다 중촌동 맞춤복 거리의 의미와 중요성을 잘 아는 사람이었다. '문화의 의미'를 고민하는 그를 만난 건 행운이었다. '복잡해서 싫었던' 맞춤 과정을 창조성을 뿜어내는 기회'라고 생각을 바꿔주었다.

'뭐가 다를까?' 자꾸만 생각이 났다. 수정 씨가 경험한 세상이 궁금해 엉덩이가 들썩거렸다. "나도 옷을 맞춰 입어볼까?" 중얼거렸다. 며칠 뒤, 나의 발길은 중촌동 맞춤복 거리로 향하고 있었다.

## 맞춤복 거리, 대전의 소중한 유산이 잘 계승되기를

⊙

이 책을 쓰기 전까지 맞춤복은 내 생활과 동떨어져 있는 의복이었다. 조선 시대 옷 같은 느낌이랄까? 그런데 애정을 갖고 들여다보니 특별한 대상이 돼버렸다. 자신들의 언어로 삶을 들려준 중촌동 맞춤복 거리 장인들 덕분이다.

1970년대에 형성된 중촌동 맞춤복 거리. 그곳 장인들이 만들어가는 삶의 이야기를 짚어보았다. 올해 2월 옥희 씨를 처음 만났을 때 운이 좋다고 생각했다. 상대에게 너그럽고 개방적인 태도를 지닌 옥희 씨 덕분에 인터뷰가 잘 진행되었다. 그의 말과 행동에서 자부심이 느껴졌고, 중촌동 맞춤복 거리를 지키는 다른 장인들도 마찬가지였다. 그들은 평생 옷 짓는 일을 즐기며 '옷 만드는 장인'으로 살아왔다.

누구나 그렇듯 그들의 일도 환경에 영향을 받는다. 나쁜 일이 밀려올 때도 있었지만 그들은 그것이 인생의 불행이 되도록 내버려두지 않았다. 위기를 기회로 삼으며 대전 중촌동에 '맞춤복패션특화거리'란 문화적 자산을 만들어냈다.

14년째 중촌동 맞춤복 거리에서 옷을 맞춰 입고 있다는 이수정 씨를 만난 뒤 맞춤복에 대한 호기심이 생겨났다. 옷을 맞추는 비용이 생각보다 저렴하다는 사실이 매력적이었다. 게다가 몸에 꼭 맞게 입을 수 있다니, 옷을 살 때마다 길이를 수선해야 하는 나 같은 '키작녀'에게는 반가운 일이었다. 원하는 형태의 디자인으로 나만을 위한 옷을 입는다니 얼마나 근사한가!

곧바로 중촌동의 한 의상실을 찾았다. 재킷과 블라우스, 치마와 바지를 맞추겠다고 말했다. 키가 커 보이기 위해 치마나 바지의 허리선을 윗배까지 올려 디자인했다. 블라우스와 재킷은 어깨를 강조하는 형태로 해달라고 부탁했다. 상체가 왜소한 신체적 단점을 보완하기 위해서다.

문제는 천을 고르는 일이었다. 천으로 인해 디자인이 살수도 죽을 수도 있었다. 중촌동 맞춤복 거리에는 다양한 천을 갖춘 직물 가게가 여러 곳 있다. 옷을 제작할 장인 분이 함께 골라주었다.

3일 후 가봉을 했다. 가봉은 재단해 만든 옷을 입어보고 디자인이나 길이 등이 괜찮은지 확인하는 과정이다. 디자인을 변경할 수 있는 마지막 단계다. 가봉 단계를 거치기 때문에 고객이 정확히 원하는 형태의 옷을 만들 수 있다.

일주일 뒤 옷 열 벌이 완성됐다. 재단한 뒤 팔은 팔대로, 몸판은 몸판대로 따로따로 만들어 바느질해 붙이는 고단한 작업인데도 옷 만드는 속도가 빨랐다. '수십 년간 숙련된 기술공이어서 가능한 일이구나.' 무릎을 쳤다. 옷 열 벌이 준 기쁨은 컸다. 나를 위해 만든 나만의 옷이었다.

중촌동 맞춤복 거리가 품은 삶의 가치를 말하고 싶었다. 인터뷰 여정을 함께 해준 김옥희, 김혜진, 김희은, 배재영, 이정수, 이수정 님께 감사드린다. 장인들의 이야기를 멋진 책으로 만들어준 이유출판에 깊은 감사를 전하고 싶다. 이 책이 중촌동 맞춤복 거리라는 대전의 소중한 문화적 자산을 알리는 데 조금이라도 도움이 된다면 기쁘겠다.

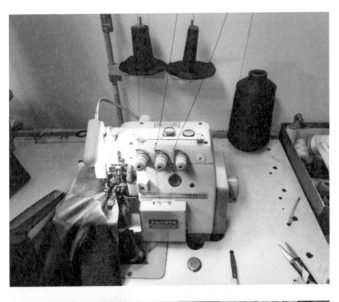

어딘가에는
아는 사람만 아는
맞춤복 거리가 있다

초판 1쇄 2023년 12월 7일

지은이     이은하
펴낸이     이민·유정미
편집        최미라
디자인     사이에서
사진        이상호, 고모네

펴낸곳     이유출판
주소        34630 대전시 동구 대전천동로 514
전화        070-4200-1118
팩스        070-4170-4107
메일        iu14@iubooks.com
홈페이지  www.iubooks.com
페이스북  @iubooks11
인스타그램  @iubooks11
ISBN       979-11-89534-47-9 (03810)